Sonya
ソーニャ文庫

断罪者は恋に惑う

斉河燈

イースト・プレス

contents

プロローグ

薄汚れた路地裏は、でたらめに曲がりくねりながら港まで続いていた。

轍《わだち》の残る古い石畳が、足裏から容赦なく体温を奪う。無防備な背中は、薄汚れた集合住宅の壁に磔《はりつけ》にされたように固まったきり。

見上げれば、狭い空が家々のバルコニーに雑に塞がれている。赤々とこぼれ咲いたゼラニウムが、血管の中にいるような奇妙な錯覚を呼び起こす。

（……俺の命も、ここまでか）

ほつれた黒い外套《がいとう》に隠れ、アンジェロははあっとため息をついた。

昨夜、銃弾を受けた右脚が重い。出血などとうに止まり、傷口はいびつなかさぶたで塞がれているのだが、垂れ流されている錯覚がどうにも止まらなかった。

痛みはすでにない。苦しさも虚《むな》しさも目の前の景色でさえも、砂の城が崩れるようにさらさらと手の中をすりぬけていく。

『これ以上は足手まといになる。ここに置いていってくれ』

そう言って、連れの青年を見送ったのは昼過ぎだ。まだ日は高く、家々の窓からはトマトを煮込む甘酸っぱい匂いが漂《ただよ》っていた。

『犬死にするつもりかよ、アンジェロ。やっと港町まで辿り着いたってのに』

『……おまえの足を引っ張りたくないだけだ。復讐《ふくしゅう》を遂《と》げる前に死ぬつもりはない』

肩で息をするアンジェロを見て、青年——フェデリコはいっとき考えたようだった。それでも『わかった』と覚悟を決めた様子で背を向ける。

『俺が無事シチリアに辿り着いた暁《あかつき》には、親父に頼んで助けを寄越してやる。アンジェロには牢獄内で世話になった恩があるからな。マフィアは恩を忘れねぇ。合流したら、そのときは仲間に加えてもらえるように親父にかけあってやる。再会するまで、地べたを這いつくばってでも生きろよ』

返事を待たず走り去る若々しい背中が、潔くも頼もしかった。

フェデリコはつねに己のすべき事柄を心得ている。情に流されず冷静に道を選んできたからこそ、冷酷なマフィアの世界で二十七まで生き延びたのだろうが。

「犬死に、か……」

アンジェロだって、こんなところで野垂《のた》れ死ぬために危険を冒してまで脱獄したわけではない。だが利き足に深傷《ふかで》を負った身では、もはや生き延びる手立てはないように思えた。うまく渡し船に乗れたとして、ここからシチリアまで丸一日はかかる。フェデリコが順調に目的地に辿り着いても、助けがやってくるまで最短でも三日は必要だろう。

気のせいでなければ、酷く寒い。油断をすると瞼《まぶた》がそろりと下りそうになり、そのたびにだめだとかぶりを振った。

（十二年前を思い出せ）

アンジェロに手を伸ばし、まだ生きようとしながらも視界から消えていった母。嘘《うそ》の証言をし、アンジェロを牢獄に叩き込んだ女。どれだけ切実に無実を訴えても、まるで聞き入れようとしなかった司法。そしてその司法に圧力をかけ、アンジェロを決して牢獄から出すまいとした、諸悪の根源であるあの男――。

（あいつらを八つ裂きにするまでは、死ねない……！）

彼らへの復讐を遂げるためだけに、アンジェロは二十歳から十二年間もの獄中生活に耐えてきた。全員を奈落《ならく》の底に突き落とすことだけが、あのじめじめした暗く冷たい石の牢獄を生き抜く希望だった。

ぎりりと奥歯を噛《か》み締めると、ふいに目の前に影が落ちる。

「けが、してるの……？」

恐る恐るといった細い声。フードで上半分が遮られた視界には、贅沢《ぜいたく》な刺繍《ししゅう》入りの小さな靴と細い足、そして生成《きな》りのレースが施されたフレアワンピースの裾が映る。

子供だ。

「……」

アンジェロは返答しなかった。脱獄犯だとばれたらまずい。負傷したこの足では、子供ひとり振り切れる自信がない。

「もしかして、撃たれたの？　家はどこ？」

しかし少女は無防備にもしゃがみこんで、アンジェロの右脚に手を伸ばした。赤黒く凝《ぎょう》固《こ》した傷口に触れられ、びくっと肩が跳ねる。瞬間、深い黄金色の髪が地面近くまで垂れ下がって、あまりの見事さに息を呑んだ。

歪みのない、まっすぐに伸びた豊かな髪は、それ自体が発光しているのではないかと思うほどまばゆい。小柄な体に似合わず顔つきは大人びていて、天使というより聖女の趣《おもむ》きがある——いや。

「俺にかまうな。あっちへ行け……っ」

腕を振って低く脅《おど》しかけると、少女はのけぞるように立ち上がる。驚いたのだろう。踵《きびす》を返し、すぐさま走り去っていった。だが、安心してはいられない。

（大人を呼ばれたら、まずい）

アンジェロが訳ありなのは、脚の銃創《じゅうそう》だけでなく、髭《ひげ》も髪も生え放題の姿から一目瞭然《いちもくりょうぜん》だ。昨日の今日で脱獄犯の写真は出回ってはいないだろうが、アンジェロが投獄された頃より自動車の性能も交通量も段ちがいに上がっている。脱獄犯がいる、という情報はすでに伝わっているだろう。足はつかないほうがいい。

容赦なく鞭《むち》打たれ、痛みに歯を食いしばり、幾度《いくど》となく気を失いながらも眠ることさえ許されず、いっそ殺してくれと願った日々。あの凍《い》てついた石の砦《とりで》に戻されるのは、犬死にすることの次に耐えられない。

——そうだ。くたばってなるものか。

全身を地面から引き剝がすようにして、歩き出す。

「あいつを……殺すまでは……ック……」

絶対に死ねない。死など受け入れてなるものか。

そうしてアンジェロはずるずると移動したものの、あえなく崩れ落ちた。食うや食わずで牢獄を生き延びたうえ、手負いの状態で一日中歩き続けてきたのだ。力尽きるのも無理はなかった。

「こっちです……！」

すると、路地に高い声が響く。先ほど、走り去った少女の声だ。まずい、人を呼ばれた。バタバタと近づいてくる足音は三つ……いや、二つか？　逃げる力は、すでにもう残されていない。

（……ちくしょう……っ）

忌々しい体。なぜ、動いてくれない。なぜ！

石畳にうつ伏せたまま、悔しさに顔を歪めたときだ。

こちらを心配そうに覗き込む少女を見て、はっとした。つい今し方、男の目を釘付けにした黄金色の美しい髪が消えている。肩の上でばっさりと、雑に切り取られていたのだ。

「お医者さま、この方です！　どうか、どうか助けてくださいっ。彼、以前、ビアンキ商会の船で荷積みをしてくださっていた方なんです！」

少女はアンジェロを抱き起こしながら、早口で言う。

だが、ビアンキ商会などという名は聞いた覚えがなかった。

「そうか。ああ、これは酷い……」

医者と呼ばれた男は、アンジェロの脚を見て眉をひそめる。

「銃で撃たれたのか。まさか、賭け事に負けて喧嘩《けんか》でもしたんじゃないだろうな」

「か、彼はそんな人じゃありません！　きっと、銃の手入れでもしていて失敗したんです。先生、彼を治していただけますか。治療費がもっと必要なら、用意しますからっ」

「いや、君の髪だけで充分だよ、アリーナ。幸い、弾も貫通しているみたいだ。すぐに彼をうちの病院へ移動させよう。手伝ってくれるかい？」

「はいっ！」

　アリーナと呼ばれた少女は細い体で、健気《けなげ》にもアンジェロの左肩を支えてくれる。同時に「何も言わないで」と耳もとに囁《ささや》かれてアンジェロはようやく悟った。

　少女は、医者に嘘をついている。アンジェロが己とは縁もゆかりもない人間と承知のうえで、知り合いと言い張って髪を渡し、医者を呼んでくれたのだ。あれほど見事な髪なら、高く売れるにちがいない。

（だが、なぜだ）

　見ず知らずの人間のために、なぜそこまでするのか。

　富める者ゆえの義務感か。彼女の装いは少々汚れてはいるが、一級品だと一目でわかる。すると、貴族令嬢か。困った者を見かけたら助けよと両親から教育を受けているのか。

　しかしそうだとしたら、わざわざ髪を売らずに家族を呼べばいいではないか。裕福な家庭なら、娘に髪を売らせるまでもなく誰かが財布を出すだろう。せっかく美しく伸ばした髪を、売り払う理由などどこにある？

　朦朧《もうろう》としたまま少女を見つめていると、すぐ近くで目が合った。水晶玉のように清らかな瞳が、斜めに陽を受けてきらりときらめく――はっとした。

　薄いコーヒー色の虹彩《こうさい》に、一部、染め抜いたような緑。まるでバイカラーのトルマリンのように、その瞳には二色がはっきりと同居していた。

　――ダイクロイック・アイ。

同じような瞳を、アンジェロはよく知っていた。

亡き母だ。

アンジェロの母も少女と同じく、二色が同居する美しい虹彩を持っていた。

(俺は、母さんを助けられなかった。苦しんでいると気づかず、伸ばした手にも届かず、見殺しにしたようなものだった。それなのに……助けて、くれるのか……)

母さん、と掠《かす》れた声が石畳に落ちる。夢とうつつが交錯する中、アンジェロはついに意識を手放した。弛緩《しかん》した体は筋肉質なぶんずっしりと重さを増し、医者の男はよろめき呻《うめ》く。

「……っ、しっかりしろ、おいっ。死なないでくれよ……！」

しかし少女はすこしも声を発せず、きゅっと唇を嚙んで男の重みに耐えた。

路地の先、港に浮かぶ小型の帆船が風に揺れて軋《きし》んだ音を立てていた。

1　パレルモの踊り子

鳴り響くテンポのいい音楽に乗って、舞台の端から順序よくレースのスカートが翻《ひるがえ》る。中央で羽根の髪飾りを揺らし、誰よりも大胆に足を振り上げていたアリーナは、手前の客席へ向かってにこっと笑いかけた。

「リーナー!!」

「リーナちゃーんっ、最高！」

リーナとは、アリーナの芸名だ。

きらめく金の後れ毛に、すらりと伸びた健康的な四肢《しし》。艶を持ちながらも圧倒的に清楚なイメージを与えるのは、ダンスに懸命に取り組む姿勢と品の良い笑顔にある。

チップを投げ入れてくれた客には、さらにキスを投げてファンサービスを忘れない。握手を求められれば時間を惜しまず応じるし、客の名前は一度で覚えてしまう。

だからキャバレー『ガット・ネーロ《黒猫》』の踊り子のなかで、アリーナは新人ながらも一番の人気を誇っていた。

「今日もお疲れさま、リーナ！」

楽屋に戻ると、同僚からポンと肩を叩かれる。

「ここんとこホールが満員御礼だわ。まちがいなく、あんたの手柄ね」

「とんでもないです。皆さんこそ、お疲れさまです」

アリーナはやはり笑顔で応え、すばやく化粧《けしょう》を落としていく。ショータイムを終えると、バックヤードは踊り子たちの汗と煙草、そして化粧落としの臭いで満ちる。

「ねえ、リーナ。あんたんち、近くなんでしょ？」

コルセット姿で煙草をふかす先輩踊り子に尋ねられ「はい」とアリーナはうなずいた。

「じゃあさ、遊びに行かせてよ。酒は持ち寄るからさ、女同士、仕事のグチでも言い合って朝まで飲み明かすんだ！　な、みんな！」

「うんうん。あたしブランデー持ってく！　そろそろリーナと飲みたいって思ってたんだよね。リーナ、ウチのキャバレーにやってきてから四カ月、まだ一度も飲み会に合流したことないじゃん」

「……ごめんなさい。家族が待っているんです。早く帰らないと」

「えーっ、じゃあ外に飲みに行くのは？　それもやっぱり駄目なの？」

「ごめんなさい」

「あんた、子持ちってわけじゃないんでしょ。新入りのくせに、付き合いが悪すぎるよ」

「そう、ですよね」

　愛想笑いで衣装を脱いで、壁にかける。汗ばんだ体に質素なシャツを羽織り、カーテンの余り布で作った手縫いのフレアスカートを急ぎ身につけて手荷物をまとめる。

「本当に申し訳ありません。あの、では、わたしはこれで」

　不愉快そうな先輩方に頭を下げ、アリーナはそそくさとキャバレーの裏口を出た。

　シチリア最大の都市、パレルモ――。

　ティレニア海の向こうにイタリア半島を望む美しい街は、夜の帳《とばり》の中にあった。

　馬車の轍の残る石畳を、自動車ががたがたと揺れながら通り過ぎる。月は高く空は澄み、星は美しいが春先とあって肌寒い。

　抱えていたストールで肩を包むと、アリーナは歩調を速めた。

　キャバレーのある旧市街から自宅まで、ゆっくり歩いて十分。急げば五分の道のりだ。

　飲食店街の脇に差し掛かると、ビールで乾杯する職人たちの姿が見えた。電気も通り電話も引かれてはいるものの、享受できているのは一部の富裕層のみ。下町はまだランプを灯して生活している人たちが大多数で、アリーナの住むアパートも例外ではなかった。

　鍵を開けて中に入れば「おかえりなさい、アリーナ！」とうれしそうな声に迎えられる。

「寒かったでしょう。今日もお仕事、お疲れさま！」

「リラ姉さま、ただいま。わたしが留守にしている間に、異常はなかった……みたいね」

柔らかな部屋の暖かさに、力んでいた肩がほぐれていく。

「ええ。異常はなかったけれど、幸運はあったわ。二階のおばあさまがスープを持ってきてくださったの。そこ、テーブルの上にあるお鍋よ」

キュイっ、と音を立てて近づいてくる姉のリラは、車椅子の上にいる。リラはアリーナのふたつ年上で生まれつき体が弱く、介添人なしではベッドから車椅子へも移動できない。

真面目なアリーナがキャバレーの踊り子という艶っぽい職についたのは、日中、この姉の面倒を見るため。そして短時間で稼げる割のいい仕事だったためだ。

「二階のおばあさんには良くしてもらってばっかりね。今度、何かお礼をしなくちゃ」

つぶやきながら鍋の蓋《ふた》を開けると、ショートパスタ入りのスープがふわっと香って、アリーナは自分が空腹であると気づいた。

「おいしそう！」

「でしょう。ずうっといい匂いがしていたのよ」

「すぐに温め直すわ。ごめんなさい姉さま、帰りが遅くなって。お腹がすいたでしょ」

「いいえ。アリーナ、まずはすこし休んで。毎日遅くまでお仕事で、疲れているはずよ。私のほうこそ、食事くらい作って出迎えるべきなのに……何もできなくてごめんなさい」

申し訳なさそうにする姉を「謝ったらだめよ」とアリーナはたしなめる。

「姉さまがいなかったら、わたしはこの世にいないんだから。姉さまはいてくれるだけで、わたしの光なの。自分の体を大切にすることだけを考えて、堂々としていて。ね？」

「アリーナ……」

アリーナ・ラフォレーゼが姉とともにパレルモへ移り住んだのは、四カ月前だった。

半年前まで、姉妹はイタリア半島のとある港町で丘の上の大きな屋敷に住んでいた。父はビアンキ商会という海上貿易の会社を営んでおり、母は貴族の元令嬢。恵まれた環境でぬくぬくと育っているお嬢さまたち――と周囲には見えていただろう。

実際は同業者の台頭により、ビアンキ商会は六年前から資金繰りが悪化していた。父は懸命に対抗していたが、このままでは従業員に支払う給料が滞るのは目に見えていた。

そのうえ半年前、起死回生を願って夫婦で商談に向かった矢先、船は海賊に襲われて沈没し、両親を失ったふたりは寄る辺もなしに屋敷から追い出されたのだった。

「それにしても、もう四カ月が経《た》つのね。この街にふたりでやってきてから」

ぽつりと、リラは言う。

「あっという間だった？」と、アリーナは鍋を火にかけながら問う。

「ええ、そうね。最初は……正直を言うと、不可能だと思ったのよ。自分が海を渡るなんて想像もつかなかったし、使用人も解雇したばかりでアリーナと私ふたりきりだし、しかもその行き先がマフィアの巣窟《そうくつ》と言われるシチリア島だなんて」

シチリアへ行こうと言い出したのは、アリーナだった。

リラは両親を亡くしてからろくろく食事もとらずいっそう弱る一方だったし、何か気分転換が必要だろうと思っていた。ふたり暮らしで生活費も嵩《かさ》み、両親の遺産も底をつきかけていたから、職を探さねばならないという事情もあった。

そんなとき、噂《うわさ》を聞いたのだ。

どんな病でもたちどころによくなる薬を、シチリアのマフィア一家『カルマ』が持っている、と。その薬を飲めば、生まれつき体の弱い姉も元気になるかもしれない。『カルマ』がどれほど危険なのか、薬代がいくらなのかもわからなかったが、愛する姉のため、その薬を手に入れないという選択肢はアリーナにはなかった。

「ねえ、アリーナ。本当に大丈夫なの……？」

温めたスープをよそっていると、すぐ横にやってきてリラが言う。

「私のために、無理をしていない？　あのね、私、毎日三食食べなくても大丈夫なのよ。だってそんなに動いていないんだもの。新しい服もいらないし、歩かないから靴も必要ないわ。だから、どうか、頑張りすぎないで」

「わたし、無理なんてしていないわ」

強がりではなく、本音だった。姉の体を治せるかもしれないという希望が、アリーナを突き動かしていた。

「でもアリーナ、このところ帰宅がいつも夜中でしょう。最初はもうすこし早く帰れるって話だったのに、私のために残業をしているのではない？　こんなに遅くに街を歩いて、もし乱暴な人たちに目をつけられてしまったりしたら……」

「大丈夫よ。シチリアにはたしかにマフィア組織がいくつも存在するけれど、危ない人たちばかりじゃないのよ。彼らはもともと農地の管理人だったりするから、顔は広いし、反抗さえしなければいい味方だってキャバレーの支配人も言っていたわ。チップも弾んでくださるし、楽屋に花を贈ってくださったりもするし。このぶんならきっと『カルマ』の人にもすぐに接触できるはずよ」

意気込んで言ったのだが、リラの表情は硬いままだ。

「……お願いよ、危険なことだけはしないで。私のために、アリーナが犠牲になったりしないって約束して。私、私、アリーナを犠牲にしてまで生きていたくはないわ……」

純真な姉がそう言って不安げに袖口を引くのを、アリーナは「約束するわ」とうなずいて答えた。姉がそれを望むなら、必ず叶える。そのために、自分がいる。

両親はよく言っていた。

『リラは生まれつき体が弱くて、ひとりでは生活できないの。母さまと父さまの身に何かあったときは、リラを頼むわね。アリーナ、あなたはリラを助けるためにこの世に生まれてきたのよ』

つまり姉が元気だったならば、アリーナはこの世に存在しなかったのだ。

だから、アリーナには物心がついた頃から姉がすべてだった。姉の役に立つことだけが至上の喜びで、姉の存在が生きる支えだった。

姉が希望を持って生きるためなら、なんだってする。

その決心が揺らいだことは一瞬たりともない。

「さ、食べましょ、姉さま」

スープとライ麦パン、チーズをテーブルの上に並べ、アリーナは明るく笑う。

「わたし、もうお腹ぺこぺこ。姉さまも、元気になるためにはしっかり食べなきゃ」

「……そうね」

応えてリラもやっと微笑《ほほえ》み、車椅子をテーブルの端につける。そして姉妹は感謝の祈りを捧げ、ささやかな憩《いこ》いのときを過ごしたのだった。


翌週も、キャバレー『ガット・ネーロ』は盛況だった。

観客の大半はすっかりアリーナ目当てになっており、舞台を終えて楽屋に戻ると、大きな花束が届いていた。

「いいね、人気者は。うちらもおこぼれにあずかれて、助かってはいるけどさあ」

同僚たちの言葉がとげとげしいのは、このところチップがアリーナにばかり集中しているからだろう。勤務後の飲み会にも一切参加せず、プライベートの話もしないから、気取っているとかいけすかないとか思われているのかもしれない。

先週まではアリーナのおかげで店が繁盛《はんじょう》すれば、みんなの給料も上がるといって感謝されていたのに、もはや目の上のたんこぶという扱いで、身の置き所がなかった。

（のんびり化粧なんて落としている雰囲気ではないわね……）

アリーナは着替えだけすませると、派手な舞台化粧もそのままに花束を抱えて楽屋をあとにした。化粧なら、自宅でも落とせる。早く帰宅できるならかえってありがたいし、あれこれ詮索されないのも助かると前向きに思う。

姉に関して、軽々しく周囲に打ち明けるつもりはない。以前ふたりで住んでいた部屋に、アリーナの留守を狙って男が侵入しそうになったことがあった。ひとりでは逃げることができないリラの存在は、他人に知られるのもリスクなのだ。

そうしてストールを肩に巻きながらキャバレーの裏口を出ると「リーナ」と声をかけられる。

まだ若い髭の紳士は、キャバレーの支配人だった。

「今日もお疲れさま、リーナ。ちょっといいかい」

「はい。支配人こそ、お疲れさまです」

どうなさったんですかと尋ねようとしたら腕を摑まれ、壁の暗がりへと連れて行かれた。

「……大通りにある車、見えるかい？」

目で示されたほうを見ると、建物と建物が途切れたところに、黒塗りの高級車が止まっていた。

「はい。見えますが、あの車がどうしたのですか」

「うちのお得意さまの車なんだ。いつもチップを弾んでくれる、リーナ贔屓《びいき》の上客だよ。ほら、その花束をくれた方でもある」

「まあ。すると、ニッコロさんですね。ではお礼を申し上げなくちゃ」

アリーナが車へ向かおうとすると、やはり腕を摑んで引き留められた。

「いや、待ちなさい。ここからが本題なんだ」

支配人の表情は暗い。キャバレーの看板のネオンを受けて斜めに濃い影ができている。

「とても、言いにくいんだが……」

「なんですか？」

「彼、どうしても君を……一晩、買いたいと言っているんだ」

「一晩……」

反芻《はんすう》するうちにその意味を悟って、アリーナは頬をカッと赤くする。

「む、無理です。わたし、そんな破廉恥《はれんち》なこと……それに支配人、わたしが入店するときにおっしゃってましたよね。この店はショーを見せるところであって、いかがわしい行為は絶対にさせないって」

　アリーナが動揺するのも無理はなかった。

　金銭と引き換えに体を売るなどとんでもない。敬虔な両親にも結婚するまでは純潔であれと言われていたし、その行為を許すのは夫になった男性のみと信じてきた。

　でなくとも恋のひとつもせず姉の側にいたアリーナに、男性経験があるはずもない。

　しかし支配人は苦々しげに言う。

「すまない。踊り子たちに触れさせるわけにはいかないと、私も断ろうとしたんだ。だが要求を呑まなければ、腹いせに店を潰されるのは確実だ」

「潰されるって……どうしてですか」

「あの車をよく見てほしい。この街であれほどの高級車を所有できるのはマフィアだけだ。しかもナンバーからして、あの車は『死神』のものにまちがいない。店を潰されるだけならまだいいが、君を渡さなければ、ほかの踊り子まで命の危険に晒《さら》される可能性がある」

　冷や汗を拭う支配人を見つめ、アリーナはどくどくと脈が速くなるのを感じた。皆殺しにされるかもしれないという恐怖ももちろんあったが、それ以上に、やっと巡ってきた機会への興奮が勝っていた。

それはマフィア一家『カルマ』を率いる首領《ドン》の通り名だ。

──『死神』。

(もしかして、ニッコロさんが『死神』だったの?)

いや、だが噂で聞く『死神』はまるで葬式のように黒いシャツに黒いネクタイ、黒のジャケットに身を包んだ男らしい。ニッコロはいつも労働者階級の者らしいツギのある服を着ている。するとニッコロは使いの者で、あの車に『死神』が待っている?

「わたし、ちょっと、行ってきます」

「リ、リーナ、いいのかい」

「大丈夫です。支配人、今日もお疲れさまでした」

一礼すると、アリーナは表通りへと早足で向かった。『死神』と話せたら、探し求めていた薬を得られるかもしれない。この好機を逃す手はないだろう。

(……わたしが、姉さまの体を治すのよ)

決意を胸に路地を出ると、黒塗りの高級車にもたれる小太りの男と目があった。

ニッコロだ。

「こんばんは。今夜もいらしてくださって、ありがとうございました」

あえて、舞台の上にいるときのように背すじを伸ばして歩み寄る。車内に『死神』がいるのなら、弱腰で男に接する様子を晒しては甘く見られると思ったからだ。

『死神』といえば、ひとたび対峙《たいじ》すれば必ず命を取られると言われる冷酷なマフィアのボスだ。銃の腕前もさることながら、その残虐性はシチリア一と恐れられていて、一度目をつけられたらただではすまない。

「ああ、リーナ。舞台の上にいてもきれいだが、実物はもっときれいだ」

きつそうなシャツを着た小太りの彼が手を伸ばしてくるのを、さりげなく回避して笑む。

「ありがとうございます。ニッコロさんにはいつもチップを奮発していただいて、今日もこのお花、とってもうれしかったです」

「そうか。喜んでもらえてよかったよ。リーナにはやっぱり、華やかな花がお似合いだ」

「そんなふうに言っていただけて、光栄です」

「さあ、さっそく行こう」

車のドアを開けられそうになったから、アリーナはその手をそっと引き止め、つとめてにこやかに提案した。

「もうすこし、お話をさせていただいてから……ではいけませんか？」

まだ薬について何も聞けていない。『死神』と交渉する手がかりを摑めてからでなければ、ただ連れ去られ、肉体を蹂躙《じゅうりん》されるだけで終わってしまう。それだけは避けたい。

するとニッコロは意外にも気をよくしたようで、にやにやしながら言う。

「そうだな。じゃあ、俺の話をしよう。俺はさ、いが栗のニッコロって名で通ってんだ」

「いが栗ですか？　なんだかかわいらしいお名前ですね」

「ドン・ファルコが名付けてくれたのさ。いが栗はぱっと見て危険とわかるだろ。さらに熱したらすぐに破裂する。攻撃性が高いんだ。そうさ、俺はあの『死神』の部下なのさ」

「まあ、いさましい！　『カルマ』といえば、シチリアマフィアの中でも一番強い人たちでしょう。噂をたくさん聞いていています」

わざと大袈裟に褒めたのは、このあとの会話をスムーズにするためだ。

「ああ、そうだろう」

満足そうに目を細めるニッコロを見て、ああ、メイクを落とす前でよかったとアリーナは内心思う。

厚化粧の武装があれば、多少不自然な表情になっても誤魔化《ごまか》せるはずだ。

「そういえば、その噂でお聞きしたのですけど『カルマ』の皆さんは、どんな病《やまい》でもよくなるような、すごい薬を持っているとか」

「すごい薬……？　ああ、もしかしてアヘンのことか」

「……ええ、そう、それです。あの、たとえばそれ、いくらで譲っていただけますか」

アヘンが何かを、アリーナは知らなかった。ニッコロが言うなら、それが病の特効薬なのだろうと考え、会話に乗っただけだ。するとニッコロはにやりと下卑た笑いを浮かべ
「そうか、君も中毒者か」とアリーナの肩を抱いてしまった。

「欲しければ、俺と寝ればいい。一回ヤるごとに一グラム、融通してやるよ。破格だろ」

触れられているところからぞくっと鳥肌が立ったが、我慢した。一グラム……それでどれだけの効果が得られるのだろう。何グラム飲めば、姉はよくなるのだろう。

（ううん、ちょっと待って）

そのまえに、ニッコロは『死神』の目が気にならないのか。車内に首領がいるのに、首領が目をつけた女の肩を抱いて、あまつさえ自分と寝ろというのはとてつもない無礼ではないか。

もしや――『死神』は車内にいない？

「ええと……。その条件、キャバレーの席を、ニッコロさんだけ特別に特等席にする、というのではいけませんか。わたし、支配人にお願いしてみます」

様子を見るつもりでそう言うと、ニッコロは途端に顔を歪めた。

「寝ずにすませようっつうのか。ああ？」

まさに栗が弾け飛ぶときのような、突然の激昂《げっこう》だった。

「あれだけ毎回チップを奮発して、花まで贈ったってのに触らせねえってのかよッ」

「あの、落ち着いてください、ニッコロさん」

「特等席なんてつまんねえもんのために足繁く通ったわけじゃねえんだよ。それともなんだ、おまえは股ァ開く以外の価値を己が持ってるとでも思ってんのか？　ずいぶんとお高くとまってんだな。あ？　言っとくが俺ァ『カルマ』の一員だ。『死神』の部下だ。おとなしく俺の女にならねえと、店ごとめちゃくちゃにしてやるからな……！」

二の腕を摑まれ、車に押し込まれそうになる。抵抗しながら車内を見たが、やはり『死神』の姿は確認できなかった。

ニッコロがなぜ『死神』の車を使用しているのかはわからないが、拐《さら》われたら、どこで何をされるかわからない。こんな、欲まるだしの品のない男に好き勝手されるなんて、考えただけでぞっとする。

しかしアリーナが拒絶しようとすればするほどニッコロもむきになって、アリーナを後部座席へ押し込もうとした。抱えていた花束が石畳に落ち、無惨にも花弁を散らす。

「リーナ……てめえは今夜から俺の女になるんだよ……っ」

「いや……やめて！」

誰か。誰か、助けて。

踊り子が誰か裏口から出てこないかと願ったが、出てきたところで助けてもらえる自信はなかった。付き合い悪く過ごしてきて、この街には友人のひとりもいない。きっと、キャバレーの仲間たちがこの状況を見たら、我が身大事と逃げ出すはずだ。

（父さま、母さま。……姉さま……っ）

いよいよ駄目だと諦めかけたときだった。

　ぱんっ、と乾いた音が真後ろで響く。銃声だ。すぐさま頭を庇《かば》うと、直後、ニッコロが地面に崩れ落ちた。右手を撃たれたのだ。反動で、アリーナも車体から転がり落ちる。

「う……っ」

　ニッコロから逃げるには絶好の機会なのだが、脚を打ったせいで痛くて動けなかった。

「――おい、いが栗」

　すると、低く通る声とともに、こつこつと革靴の足音が近づいてくる。

「おまえ、いつから俺の車を勝手に持ち出せる身分になった。農村の有力者に頼まれてしぶしぶ拾ってやったというのに、よくもこんな勝手ができたものだな」

「ひっ、ドン・ファルコ……っ」

「ドン？　まだその名で呼べると思っているなら、ずいぶん使えない頭だ。次に走ってくる車に、正面から突っ込んで脳みそぶちまけてこい。そうしたら、空《から》になった頭蓋骨に次は牛の脳でも詰めてやる。いくらか使える頭になるだろうよ」

　葉巻きの匂いがわかるほど男が近くにやってくると、黒い中折れ帽に黒のジャケット、黒いシャツに黒いネクタイが目に入った。はっきりと顔は見えないが、ポケットに片手をつっこんでゆるりと立つ姿には、圧倒的強者の余裕が滲み出ていた。

(全身黒づくめのドンって)

　まさか、この人が……『死神』。

「できないのか？　ん？」

いが栗の目前にしゃがみ込み、彼はわざとらしくもったいぶってゆっくりと言う。

「だったら俺がその腐った脳髄、この手で引きずり出してやるよ。耳の穴から火かき棒でも突っ込んで、ずるずるとパスタを巻くようにな」

「ひ……っも、申し訳、ありません……っ」

「一日だ。一日だけ、最期に自由な時間をやる。その間に自力で死ねるものなら死んでおけ。でなければ、おまえが今日まで仲間だと思っていた奴《やつ》らがおまえを消しに行く。なあ、せいぜい死に様くらい楽しませてくれよ。イガに隠れてイキがるしか能のない、いが栗坊や？」

その言葉を聞くや否や、小太りの男は転げるようにして逃げ出した。それをくっくと愉快そうに笑いながら眺める『死神』の声が、気配が、まるごと怖い。

（このままここにいたら……だめ）

姉のために薬を手に入れたいのはやまやまだ。が、彼の気配はニッコロとは比べ物にならないほど禍々《まがまが》しく、格のちがいは歴然としていた。下っ端ひとりあしらえなかったアリーナに、太刀打ちできるわけがない。

逃げなければ。でも、全身が恐怖に竦《すく》んで動けない。

すこしでも身動ぎすれば、首もとに大鎌を振り下ろされそう——。

「お嬢さん、怪我《けが》はないか」

すると、予想に反して穏やかな声で呼びかけられる。

同時に、目の前に掌《てのひら》が差し出された。

無骨そうな節が目立つものの、長さのあるきれいな指だった。

「ファルコ・ジェンティノだ。うちの者が迷惑をかけたな。すまない」

謝られた、のだろうか。『死神』に？

信じられない気持ちで顔を上げると、真剣な瞳がアリーナを見下ろしていた。

鷹《たか》のように鋭い目つきと高い鼻梁《びりょう》、そして凛々しい眉。締まった体つきは若々しいものの、全体には二十代の男にはない落ち着いた色気がある。かといって四十を超えた男にしては雰囲気が剣呑《けんのん》で、唯一、垂れ下がった前髪だけがふわりと柔らかそうだった。

「娼婦……ではないな。その化粧は、キャバレーの踊り子か」

「……は、はい」

「もしかして、いが栗が熱を上げている『ガット・ネーロ』の踊り子か。確かに、聖母を思わせる上等な美人だ。惚れるのも無理はない」

まさか褒められるとは思ってもみなかったから、かあっと頬《ほお》が火照《ほて》る。上等だなんて、初めて言われた。それで差し出された手を取れずにいると、焦れったそうに二の腕を摑まれて引っ張り上げられた。

「念のため、自宅へ送ろう。後ろに、俺が乗ってきた車がある」

「いえっ、とんでもないです！　すぐ近くですし、自分で帰れますっ」

　アリーナは慌てて身を引いた。

　ありがたい話だが、男に襲われそうになったばかりで、また別の男の車に乗るなど警戒心がなさすぎる。そんなアリーナの心情を慮《おもんぱか》ってか「そうか」と『死神』はあっさりと引き下がった。

「無理強いはするまい。では、キャバレーの支配人に言伝を頼めるか」

「はい！　もちろんです」

「売れっ子の踊り子を怖がらせたお詫びに、近いうちに店を貸し切らせてもらう。ボトルもビヤ樽《だる》もあるだけ空にするから、仕入れられるだけ仕入れておくようにと伝えてくれ」

「……よろしいんですか。わたし、無傷ですのに」

「我々シチリアマフィアは名誉ある社会《オノラータ・ソチエタ》、男の体面と信義をなにより大切にしている。ましてや、その筆頭である我々が道を外しては、代々守られてきた『カルマ』の名がすたる。恩は返すし、非礼は詫びるのが常識だ」

　紳士的な口ぶりに、アリーナは意表をつかれて返答できなかった。

（常識と言った？　無法者のマフィアなのに？）

　危ない人たちばかりではないと聞いてはいたが、それでもマフィアと名乗るのだから粗野に違いないと思っていた。名誉を重んじるなんて、上流階級の人々と変わらない心がけだ。つい先ほど、ニッコロに冷酷な言葉を投げかけていた男とは別人のよう。

「では、失礼する」

スッと向けられた黒い背中をぼんやりしたまま素直に見送りそうになったアリーナだったが、我に返って薬の存在を思い出し、彼の右手首を摑んだ。

「待ってください！」

「なんだ？」

振り返った『死神』の闇のような瞳と目が合う。

大丈夫だ。名誉を重んじる彼なら、きっとわかってくれる。

「ひとつ、おうかがいします。薬……なんですけど、『カルマ』の皆さんがアヘンというお薬を取り扱っていると聞いて、わたし……その、突然で、すみません」

「……横流ししてほしいのか？　意外だな、その清廉《せいれん》そうななりでアヘンとは」

「どうしても必要なんです。そのために、シチリアまでやってきたんです。きちんと代金はお支払いしますから、譲っていただけませんか。お願いします」

「安くはないぞ」

「わかっています。ですが、手に入れられるのならいくらかかってもかまいません」

車道を、一台の自動車ががたがたと走り抜けていく。ヘッドライトがぱっと眩しくあたりを照らし、アリーナと『死神』の影が伸びて住宅の壁を撫でる。

と、彼は突然、驚いたように目を見開いた。

一歩距離を詰められたと思ったら、たくましい腕で荒っぽく腰を抱かれ、引き寄せられて心臓が止まりそうになる。

「おまえ、その瞳の色」

気づいたときには、間近で鋭く黒い瞳に見つめられていた。

「あ、あの……?」

「まさか、アリーナ・ラフォレーゼなのか」

嘘だろう、とでも言いたげな声で呼ばれ、呼吸も忘れそうだった。

——なぜこの人が、わたしの本名を知っているの。

それだけで困惑して動けないのに、『死神』はますます顔を近づけてアリーナの瞳を覗き込んでくる。恐ろしさの向こうにある彼の顔は、研ぎ澄ましたように美しかった。歪みのない、すっと通った鼻すじが間近に見えたら、アルコールの匂いを嗅いだときのようにくらっとした。

「わ……わたしを、ご存じなのですか」

問いかけに返答はなく「どうしてこんなところにいる」と早口で問い返される。

「四カ月間、あれほど捜しても見つからなかったのに、なぜ、おまえがこの島でキャバレーの踊り子などしている。まさか、人買いに騙《だま》されたのか」

「いえ、あの、わたしを捜してくださったのですか？　あなたが、どうして……？」

シチリアマフィアの首領に捜される理由に、心あたりはなかった。

父と母はマフィアと通じるような人ではなかったし、ましてや恨みを買っていたとも思えない。

だが四カ月前といえば、アリーナが姉とともにシチリアへ移り住んだ頃だ。ビアンキ商会が倒産してからは、屋敷から立ち退き、安宿を転々としたりもしていたから、その頃アリーナを捜しても見つからないのは当然だろう。

すると、

「騙されたのでないのなら、好きこのんで男に媚を売る職についたとでも言うのか。清廉だったおまえが、人前で脚を見せて金をせびる卑しい仕事をなぜ選択した!?」

突如、すさまじい剣幕でまくしたてられ、びくっと全身がこわばった。まるで、爆薬に火がついたかのような激しい怒りだった。

「なぜだ！」

なぜと言われても、どうしてそれを彼に説明せねばならないのか。

わけがわからなかったが、迫力に圧されて、アリーナは震える唇を開く。

「そ……れは、薬が、必要だったから……っ」

「両親の死で薬に逃げたのか!?」

薬に逃げた……そうなのかもしれない。

父と母の死を知り泣き伏せる姉を前にして、アリーナは泣けなかった。もし自分が泣けば、姉が慰め役に回らねばならないのは目に見えていたから。

葬儀の間も気丈に振る舞い、父と母に代わってビアンキ商会を解散させた。前を向こうと思えたのは姉の体を治すという目標を持ったからで、薬を絶対に手に入れようという執念が、今、アリーナの気持ちを両親の死から逸らしてくれている。

「い、今のわたしには、薬しか望みがないんです。ほかに救いなんてないんです。お金なら、どうにかして用意します。だから、薬を……っ」

売ってくださいと言うつもりだった。

しかし直後、こちらを覗き込む顔は暗闇の中でもがくように歪んだ。悲しみと苛立ちと絶望と、そして奥からかすかに滲《にじ》み出ているのは、悔恨に似た、赦《ゆる》しへの渇望にも見えた。

——どうしてそんな顔をするの?

絶望されるようなことを話したつもりも、彼に赦しを乞われる筋合いもない。それなのになぜ、これほど複雑な感情の発露を見せるのか。

戸惑っていると唇が熱いもので乱暴に塞がれ、アリーナは目を見開いた。

「ん、んぅっ」

生々しい柔らかさ。歯列を這う滑《ぬめ》った感触に、全身がぞわっと粟立つ。

「ヤ……！」

うつむいて逃れたが、顎《あご》を摑まれ、ふたたび唇を塞がれる。

「う、ふ……っ」

――嫌。なぜ、この人とキスなんて……！

突き飛ばして逃げようとしたが、鍛え上げられた厚い胸はびくともしない。忌々しいものを食らい尽くすように、舌を押し込まれて口内を荒らされて、瞼の裏には涙がたっぷりと浮かんだ。

「んくっ、……っん……、う」

ようやく唇が離れたのは、互いの体温がすっかり馴染んだあとだった。

「ひ、どい……っ」

ファーストキスだったのに。

弱々しくその胸を叩けば、いっそう強い力でぐっと引き寄せられる。

「酷い？　ふうん。俺をその色気で籠絡《ろうらく》して薬を得ようとは考えないんだな」

「お金はお支払いすると申し上げたはずです！」

「……多少の冷静さは残っている、か。ならば、まだ救いの余地はあるな」

そう言うといきなり肩の上に担ぎ上げられ、アリーナは叫んだ。

「お、下ろして！」

「このまま黙って、薬漬けのおまえを放置しておくわけにはいかない。療養も必要だろう。俺の屋敷でこの身、預からせてもらう」

「や！　離してっ、誰か……っ!!」

拉致《らち》されたら最後、何をされるか。姉が、部屋で待っているのに。

必死の抵抗むなしく駆け寄ってきた手下らしき男に布で口を塞がれ、両手両足を拘束されて、まるで小麦の麻袋のようにたやすく後部座席に放り込まれた。

「車を出せ」

アリーナの横に乗り込んだ『死神』が、冷酷に告げる。

（嘘……！）

その間、十秒とかからなかった。

スピードを上げる車の中で、アリーナは懸命にもがいたが拘束は解けない。

隣の『死神』は無反応のまま、黒い双眸で前方を睨《にら》んでいる。あえて、アリーナを視界から消しているかのように、頑なに。彼の横顔には燃えたぎるような怒りが滲み、触れればたちまち焼け爛《ただ》れそうなほどで、アリーナは息ひとつするのも恐ろしかった。

どこを、どれだけ走っただろう。

連れて行かれたのは、高台にある古城だった。

三角屋根を持つ二本の尖塔は月を突き刺さん勢いでいかめしく、ドーム型のファサードは銃眼を有しているせいか、やけにものものしい。

まるで、中世の砦だ。

車が到着するとアリーナは『死神』に担がれて、窓のない部屋へと運び込まれた。部屋の作り自体は質素だが、ベッドや暖炉、ソファに敷物と、ぱっと見て贅沢とわかる調度品が嫌みなまでに並んでいるさまは、やはりマフィアの屋敷だ。

「薬が抜けるまで、この部屋から出るな」

「いや！　わたしを家に帰してっ……！」

訴えたものの、無情にも扉を閉められ、外鍵までかけられて全身から血の気が引いた。

拘束は解かれたが、これではとても逃げ出せそうにない。

(姉さまが待ってるのに……。どうして、こんなことになってしまったの)

『死神』は激昂《げっこう》していたが、アリーナは彼が気に障ることをした覚えはなかった。薬が欲しいと申し出たときはまだ、彼は怒ってはいなかった。『死神』には体を要求されたわけでも、それを拒否したわけでもない。

だいいち、アリーナがアリーナであると気づく前の『死神』は紳士的だった。

なぜあんなふうに豹変したのか。考えても、わからない。

「……リラ姉さま」

今、姉はどうしているだろう。

ひとりで食事をとっていてくれればいいが、空腹のままだったらと想像すると胸が痛む。ひとりで車椅子からベッドに移れるだろうか。自力で着替えができるだろうか。湯を沸かし、ふきんを絞って体を拭けるだろうか。

両親が亡くなり、使用人を解雇してからというもの、家事のすべてをアリーナが一手に引き受けてきた。体の弱さ以前に、リラは家事も炊事もまるで知らない。ままならない生活にひとり奮闘している姿を頭に思い浮かべると、居ても立ってもいられなかった。

――帰らなくちゃ。リラ姉さまのところへ。

顔を上げ、アリーナは逃亡を決意する。

元来、じっとしていられない性格なのだ。

（これだけ古い建造物なら、秘密の通路を備えているかもしれない）

姉とふたりで読んだ絵本で、古城に隠し通路があるのを見た覚えがある。

望みをかけてベッドの下やバスルームの天井までくまなく確認したのだが、人が通れる大きさの通路は見つからない。暖炉の煙突も、覗くと真っ暗で、天井のあたりで曲がりくねっているのか、外の空気も感じられなかった。

ここを監禁《かんきん》部屋に選ぶのだから、外に繋がる道などなくて当然ではあるのだが。

「あとは、チャンスがあるとしたら……」

食事が運ばれてくるタイミングしかない。

外鍵を外された瞬間を狙って、逃亡するのはどうだろう。いや、いかに運動の得意なアリーナでも、男の足には敵《かな》わないだろう。きっとすぐに捕まって、連れ戻される。

それに、もし城から抜け出せたとしても、ここがどこなのかをアリーナは知らない。パレルモ市街ならいいが、一歩郊外へ出れば見知らぬ土地だ。地図もなく、どうやって自宅へ辿り着けばいいのか、想像もつかなかった。

そのとき、コンコンと扉をノックする音が響く。

「よろしいっすか」

すこし軽めの、男の声。食事だろう。

はい、と応じると、姿を見せたのは、気弱そうな表情のひょろりとした猫背の男だった。

「どうぞ、お食事をお持ちしやした」

男は片手にトレー、もう片手に鍵を携《たずさ》えている。

逃げるには絶好の機会だったのだが、アリーナは動かなかった。

(焦ったらだめ。よくよく状況を見極めて、絶対に失敗しない方法で逃げるのよ)

もし逃亡に失敗し、連れ戻された場合には、部屋の守りをさらに固くされかねない。そうなったら、もう二度と抜け出すチャンスはなくなる。ここは慎重に事を運ぶべきだ。

そう考えて逃げたい気持ちを抑えていると、

「足りないものとか、食いたいものがあれば、なんでも言ってください」

意外にも、のっぽの男は親切そうに言ってひょこっと頭を下げた。

「ドン・ファルコから、丁重にもてなせって聞いてるんで」

「丁重に？　わたしを……ですか？」

「はい。そうっす」

否応なしに拐っておいて、もてなせとはどういう了見だろう。首を傾げている間に、テーブルの上には魚介のクリームスープとパン、子羊のローストにリコッタチーズのケーキが並べられていく。これほど豪華な食事は、ここ数年、見たことがない。

「どうしてケーキなんて……」

「お嬢さんは特別なお客さんだって聞いてます。それしかわからねえっす」

おそらく彼も、深い話は聞かされていないのだろう。

アリーナは質問を変えることにした。

「あの」

「なんっすか」

「ここ、どこなんでしょうか。まだ、パレルモですか？」

尋ねると、ぽかんとしたあと、あたりまえのように言われる。

「どこって、チェファルーっすけど」

さあっと、血の気が引いた。

チェファルーといえば、シチリア島の半ばにある漁師町だ。パレルモの中心街まで、五十キロはある。今すぐここを抜け出せて、なおかつ迷わずに道を選べたとしても（そんな奇跡はありえないだろうが）帰宅できるのは最速で明日の夜――。

いや、たとえ何日かかろうと、帰宅できるならいい。まずはここから抜け出さなければ。

すると背高の男はまじまじとアリーナを見て、ぱっと顔を明るくした。

「君って『ガット・ネーロ』のリーナちゃんだろ!? な、そうだよな!? おれ、君のこと、いが栗に誘われて二回だけ観に行ったよ！」

「え」

よくよく見てみれば、薄幸《はっこう》そうな細い顔にはなんとなく見覚えがあった。ニッコロと一緒にいた彼は、たしか……。

「えと、ぶどう酒を好んで飲まれていた……ナターレさん？」

「そう！　すげえや、リーナちゃんっ。一回しか名乗ったことがないのに、おれの名前、覚えてくれてたなんて!!」

ナターレの明るい声に引っ張られて、アリーナの気持ちもわずかに明るくなる。

「ナターレさんも『カルマ』の方だったんですね。ちっとも気づきませんでした」

「ああ、うん……じゃなくて、今のリーナちゃんはドンのお客さんだから『はい』っすね。『カルマ』のメンバーといっても、おれもいが栗もまだ『血の掟《オメルタ》』を交わしてから間もない下っ端なんすよ。半端者が『カルマ』の名を名乗るのは申し訳ないっすから、おれ、外ではあんまり、素性《すじょう》は明かしてないんっす。驚きました？」

「ええ、とっても」

へへっと照れくさそうに笑うナターレを見て、真面目な人だと思う。そういえば、キャバレーでの酒の飲み方も控えめだった。だからまさかマフィアの一員とは思いもしなかったわけだが、その慎みある態度は、閉ざされた空間に一縷《いちる》の光を与えた。

「あの、ナターレさん、お願いがあるんです」

「なんっすか？」

「わたしをここから出していただけませんか。わたし、無理やり拐われてきたんです」

「リーナちゃんが、拐われたんっすか？　ここに？」

「そうです。家で姉が待っているんです。姉は体が弱くて、放っておいたら死んでしまいます。どうしても帰りたいんです。わたしを逃がしてください！」

「いや、でも、リーナちゃんをこの部屋から出すなってドン・ファルコ直々の命令なんっす。おれたちにとって、ドン・ファルコは絶対なんっすよ」

「そこを、どうにかお願いできませんか。ナターレさんだけが頼りなんです」

とっさにナターレの手を掴み、両手でぎゅっと握る。彼以外に、ほかに頼れる人はいない。必死のあまり、無意識でにじりよっていた。

「お願いです。どうか、どうかわたしを……」

助けてください、と懇願《こんがん》するつもりだった。すると、ガンッと壁を震わせる激しい音がして、アリーナは飛び上がる。

見れば、半開きだった廊下の扉が大開きになっていた。

「用がすんだら、とっとと部屋から出ろと言ったはずだ」

姿を見せたのは、黒いシャツに黒いズボンの男……『死神』だった。

眉をひそめ、アリーナを睨む目は初対面で感じたよりずっと剣呑で、思わず息を呑む。

「も、申し訳ありやせんっ！」

と、ナターレはアリーナの手をすぐさま振り払い、『死神』に一礼すると部屋から飛び出していった。それだけで、いかに彼がこの屋敷内で尊重される立場にいるのかわかる。

『死神』はまた忌々しげに内側から扉を蹴り飛ばす。ドンッと激しい音を立てて密室ができあがると、壁全体がびりびりとまだ揺れているようだった。

「下っ端ならば、手を握った程度でたやすくたらしこめるとでも考えたか」

「っ……たらしこむなんて、そんなつもりは」

「俺にはまだ純粋さを残しているように見せておきながら、けっこうな手管だな」

　ゆっくりと一歩ずつ近づいてくる『死神』は、すでに怒りに火がついている。その矛先は迷わずアリーナに向いていて、何をされるかわからない恐怖に全身が総毛立つ。

「いが栗が無理やりおまえを襲っていたというのも、見方がちがったようだ。誘ったのはおまえだな。薬を得るために、誘惑しようとしていたわけだ」

「ちがいます！　わたし、ニッコロさんを誘惑なんてしていませんっ。は、話しているうちに……薬の話には、なりましたけど」

「そんなに説得力のない言い訳は初めて聞く」

　こつ、と靴音を響かせて黒づくめの男はアリーナに迫る。シャツ越しにもわかる筋肉質な体に萎縮《いしゅく》しそうになりながら、怯《ひる》んではだめだと奥歯を噛んで顔を上げた。

「……わたしを、家に帰してください」

「断る。放り出しても、おまえはいずれ『カルマ』の人間に接触する。今は気丈そうに振る舞っているが、ヤク中ならば、いずれ摂《と》らずにはいられなくなるはずだ。でなければ禁断症状が出る。それから手当たり次第に色仕掛けでマフィオーソたちをたらしこまれてはたまらない」

「禁断症状……？　何を言っているの」

「無自覚なのか。ふうん、なおさらたちが悪いな」

何を言われているのかわからない。だが『死神』に右手を摑まれそうになったから、反射的に振り払った。いけない、やりかえされるかもしれない……いや、それでもいい。

「わたしに触らないでっ」

余計に怒らせてもかまわない。大人しく閉じ込められるなんて性に合わない。

「わたしをここから出して！　家で、待っている人がいるの！」

あえて姉とは言わなかった。女とわかれば、姉もまた拘束されかねない。軽々しく唇を奪ったことからして、この男は女性を軽視している。もし狙われても、姉には彼らに抵抗するすべがない。絶対に、危険な目に遭《あ》わせるわけにはいかない。

「家で待っているのは、男か」

「あ、あなたには関係ないでしょう!?」

「なるほど。寂しさから逃れるために男とセックス・ドラッグにでも走ったか。たった半年でここまで堕《お》ちるとは……そもそも淫乱な性質を持っていたのだろうな」

罵《ののし》る声は、明らかにそれまでの『死神』の声と異なっていた。

汚らしいものを忌み嫌い、見下しながらも苛立つ、かすかに震えた声――。

「てっきり今も美しい心のまま、清貧《せいひん》に暮らしていると思っていた。食うのに困ろうが、寒さに震えようが、慈愛に満ちた気高い少女のままでいると思っていた。いや」

じりっと『死神』は、アリーナとの距離を詰める。

「志さえきれいなままなら、たとえ売春婦に身をやつしていようがかまわなかったのに！」

ガシャンッと耳をつんざく音がして、アリーナは「きゃ!!」と縮こまった。

テーブルの上の食事を、彼の左腕が一掃したのだ。壁に当たり粉々に砕け散った皿と、床に散乱するスープとパン、そして潰れたケーキを前に、アリーナは立ち竦む。

『死神』はそこに唾を吐いて、心底忌々しげに言った。

「おまえだけはと、信じた俺が愚かだった。まだ救えるかもしれないなどと……。まさか、この屋敷にやってきてまで俺を欺《あざむ》こうとするとはな！」

言うなり、腕を摑まれベッドへと引き倒される。仰向けに転がされると、真上から覆い被さられ、ブラウスの前ボタンを一気に引きちぎられた。

「きゃあっ、何をするの！」

「俺の愛人になるがいい」

「あ……愛人ですって？」

「そうだ。そこまで腐りきっているなら、もはや同類じゃないか」

マフィアの愛人なんて冗談じゃない。

そう言いたいが、アリーナは息を呑むしかなかった。愛人という艶っぽい言葉を口にしながらも、彼の目は狩りをする猛禽類《もうきんるい》のように鋭く、刺すようだった。

「男が欲しいなら、俺が相手をしてやる。快楽に溺れたいなら——この腕の中で溺れろ」

その声はどこか自棄に聞こえ、耳の側でどくどくと脈が打った。

泣き叫びながら手足をばたつかせ、アリーナは死ぬ思いで抵抗した。

「は、放して……イヤぁ！」

しかし『死神』は顔色ひとつ変えず、アリーナの衣服を次々に引き裂いていく。ブラウスのみならず、丈長のスカートや下着までもを力任せに破られ、恐怖で涙が滲む。

(怖い……っ、殺されてしまう……！)

貞操《ていそう》のみならず、命まで奪われそうで恐ろしかった。

『死神』がシャツを脱ごうとした隙に逃げようとしたが、痛いほど強く肩を掴まれて引き戻された。真上から、両肩をぐっとベッドに押し付ける手に容赦はない。

「逃がしはしない」

部屋の照明に浮かび上がる体は、巌のよう。鍛え抜かれた軍人のような、強靭な肉体には敵うはずがないと絶望するしかなかった。

しかもその右肩には、鋭い鎌を振り上げた骸骨のタトゥーが彫り込まれていて——。

「死に……神……」

「そうだ。これは、俺の守り神でもあって、かつての俺自身の姿でもある。黒いフードで顔を隠し、瀕死《ひんし》で、憎しみという鎌に縋《すが》って立っていた頃のな」

瀕死……何を言われているのかわからない。

だが、黒いフードという言葉には引っかかるものがあった。かすかに、記憶の皮下が疼く。そうだ。死神のような、落ちくぼんだ目をした誰かを、どこかで見た。

(でも、いつ、どこで……？)

考えるほうに気を取られていると、膝《ひざ》に『死神』の手がかかる。

「へぇ、覚えていないのか。しかし、おまえはずいぶん、いやらしく熟《う》れたものだな。椀のような胸に、男を誘う腰……」

いけないと思ったときには、太ももを大きく開かれていた。

「や……！」

恥部を覗き込まれて、息が止まりそうになる。キャバレーでは毎晩のように脚を高く上げて踊っているが、あれはドロワーズと厚いレースのペチコートがあればこそ。

こんなのは、耐えられない。

「やめ、て」

「ここも、咥《くわ》え慣れているわりに、純粋そうな色をしている」

「もう、放し……て……っ」

恥ずかしくて、恐ろしくて、消えてしまいたい。

涙声で訴えても、容赦なく『死神』は覆い被さってくる。脱ぎかけのシャツをわずらわしそうに床に捨て、脚衣の前をはだけながら。

「……ひ……！」

いきなり処女の場所を割られそうになり、腰を引いたが引き戻された。

硬い、鉄のような物体で割れ目を撫でられ、ふたたびぐっと腰を落とされる。手足をばたつかせたが、大した抵抗にはならなかった。

「受け入れろ」

乾いた入り口は悲鳴を上げ、あまりの痛みに涙が滲む。

「いや、いやぁあ……っ!!」

一度でもそこを破られれば、二度と清い体には戻れない。もしも精を放たれれば子を孕《はら》んでしまう可能性もある。こんなに野蛮なマフィアの子を……冗談ではない。

無我夢中で両腕を振り上げたが、虚しく宙をかくばかりで『死神』には届かなかった。

「処女でもないくせに、そう暴れるな」

ぐっ、ぐっ、と楔《くさび》は引っかかりながら入り口を無理やり突破しようとするものの、それより先へは進めない。処女のうえに潤滑が足りないのだから当然だ。

——いっそ殺して！

生きながらこんな地獄を味わうのなら、いっそ喉を掻き切られて死んだほうがましだ。

そう思うのに、頭には姉の顔が浮かぶ。姉が待っている。そうだ。姉のために、死ねない……どんなに苦しくても、生きて帰らなければならない。

「退いて……ぇっ」

「……ふうん。薬なしでは濡れないということか」

すると、このままでは埒が明かないと『死神』も判断したのだろう。『死神』はべろりと己の右手の指を舐《な》め、その唾液をアリーナの処女の場所へと塗りつけた。

「う……っ」

ぬるりとした感触が、気持ち悪い。海藻にでも撫でられているようで、鳥肌が立つ。

「や、いやぁ」

「ほぐしはしない。あいにく、俺はそれほど親切な男じゃない」

かぶりを振って乞うても、長い指は退かない。蜜口だけでなく、秘裂にまでごつごつした節を押しつけられ、前後に動かされると、今まで感じたことのない強烈な刺激に腰がビクン！　と浮いた。

「……あ……！」

唇からこぼれ出たのは、自分でも知らないような甘い声。

（なに、今の……）

慌てて自分の口を押さえたが、動揺までは隠しきれなかった。

『死神』は、顔を歪めて笑う。

「ようやく、本性を現したか」

くっくと愉快げに喉を鳴らしながらも、やはりどこか、投げやりに。

捌《さば》かれているみたいだと、アリーナは思う。まな板の上で、売り物の魚のように。

なぜなら、これから息の根を止めようというのに、『死神』の欲には食らってやろうという本能的な部分がない。掻《か》っ捌《さば》いて食うところがなければ、それでもかまわないと冷静に刃をかまえているふうなのだ。

「くだらない。こんな刹那的な快楽に救いを求めるとは」

「ひぁああっ！」

悲鳴をあげてしまったのは、割れ目の隙間を爪で弾かれたからだ。まろやかな静電気がそこに発生したかのように、刹那の刺激が背すじを駆けのぼった。

「ヤあ、あっ……」

怖い。己の腹から次々に引き出されていく未知の感覚が、怖い。

「そうか、ここか」

しかし『死神』はかえって興が乗ったのだろう。おののくアリーナの太ももを両腕に抱え、逃げられないように固定しながら、割れ目をぱくりと広げ、内側の粒を弾いた。

「ふぅ……っう……！」

繰り返し、長い指は動く。ゆっくりと秘裂を擦られるたび、びくつかずにいられない体を嘲笑《あざわら》われているのは明白だ。

「くぅ、う……っ」

心の底まで痛くて、苦しくて、悔しい。

アリーナはのたうちながらシーツにしがみつき、密かに涙を流した。

彼を怒らせた理由に、思い当たる節があるなら、まだ納得できる。けれど、拐われた理由もわからないのにこんな仕打ち……何が『名誉ある社会』だろう。偉そうに言いながら、結局、単なる無法者でしかないではないか。

人を人とも思わない野蛮人。

暴力的で傍若無人《ぼうじゃくぶじん》で、人の言葉が通じない男。

「……し……っ」

「うん？」

「人でなし……！」

罵ってやらねば気がすまなかった。直後、脚の付け根の粒をさらに強く弾かれて「きゃぁあっ」と悲鳴を上げる羽目になったが。

「色欲に堕ちた薬漬けのおまえが言うことか。ああ、もちろん俺自身はよくわかっているさ。自分がすでに人でないことなど」

「あ……あ」

「唯一の聖域まで消えたのだから、なおさら人には遠くなった」

刺のある口調にはなぜだか自嘲が含まれていたが、気にする余裕はなかった。

秘芽をつままれ、ぬめりで逃がすようにしごかれて腰が浮く。電気の塊《かたまり》が下半身を転がっているようで、怯《おび》えずにいられない。

気丈に抗《あらが》いきれない悔しさに唇を噛むと、両胸にさらりと『死神』の前髪がかかった。

天を向いた形のいい乳房に、いきなり舌が這う。

「ひ、ぁ！」

くすぐったいが、それだけではなかった。

じゅっ、と右の頂を吸われると感じたのはとろけるほどの快感で、アリーナは身悶えて戸惑う。

「っぁ、んっ」

死にたいほど嫌なのに――全力で拒否したいのに、『死神』の舌の滑らかさや温かさはあまりにも心地いい。身も心も、明け渡しそうになる。

（どうして……っ、わたし、どうしてしまったの……!?）

そうして胸を舐め回されながら割れ目を弄られていると、腰の内側にじわじわと期待感が溜まっていく。もっと触ってほしいというふうに、腰がくねって乳房を揺らす。

「ヤ……ぁ、あ……っぅ」

「左も舐めてほしいのか」

「んんっ……ちが……う」

「なんだ。今さら不慣れそうな声を出して。そうして誘うのもおまえの手管か」

ちろ、と右胸の先をつつく舌が赤い。なまめかしい艶がさらなる官能を誘い、ひくっと蜜源が蠢《うごめ》く。

「んん……っふ……いや、ぁ」

「欲しいなら、素直に乞うがいい。俺の上で腰を振りたいと、ねだってみせろ」

そんなこと、絶対にしない。

アリーナはぎゅっと唇を噛んだが、淫部には生ぬるい蜜が染み出していた。もう『死神』が唾液を塗りつけなくとも、乾くことなく指が滑る。

「跨《また》がりたいのだろう」

こりこりと花芽を捏《こ》ねる指先の、なんと意地悪で誘惑的なことか。

「イきたいと、言ってみろ」

「……っ、ん……っ」

酔いそうになりながらも、アリーナは懸命にかぶりを振った。指先でぐりっと入り口を抉られても、屈するつもりはなかった。

──思い通りになんて、なってたまるものですか。

痛めつけられて苦しみ悶《もだ》える姿が『死神』を喜ばせるなら、声すら上げてやるものか。

そう思ったのに──。

「アリーナ」

呼ぶ声が真上から降ってくる。

はっとしたときには、両手を頭上で重ねて摑まれていた。慌てて振りほどこうにも、腕力の差は歴然だ。ばたばたと肘だけばたつかせているうちに、男の体はアリーナの太ももの間に入り込み、蜜口にはまた、硬くそそり立つものの先端があてがわれていた。

「っく……ひ……っ」

体を縮こめて抗《あらが》ったが、張り詰めたものは無情にも処女の入り口を割ろうとする。

「やめっ……やめて、え」

「必死に乞うほどの貞操観念などないくせに……っ」

どうしてそこまで執拗《しつよう》にアリーナを蔑もうとするのだろう。『死神』の言葉は理不尽で、理解したくもない。直後、ぐずっ、と音を立てて雄《おす》のものが埋まろうとすると、激しい痛みが脚の付け根に走って絶望感がどっと胸にあふれた。

(こんな、男に)

犯される。汚されてしまう。為《な》すすべのない己にも、嫌悪感を覚えて嗚咽《おえつ》が漏れる。この腕にもっと力があれば、この脚がもっと頑ならば、せめて手こずらせるくらいはできただろうに。悔しい……！

と、忌々しげな舌打ちが降ってきて、直後に蜜道の圧迫感は急激に増した。

「おまえは、今日から……俺の愛人だ」

「う……っく……ぅ」

「……っ、いつもおまえがしているように、淫乱な娼婦のようによがるがいい」

二本の脚を、付け根から左右に引き裂かれているかのよう。このままでは、体が真っ二つになってしまう。しかし同時に、己がみちみちと太い雄茎を包み込んでいく感覚もあって、混乱こそが絶望をより酷く煽った。

「啼《な》け」

「……や……っ」

それでもアリーナは、首を左右に振った。

「絶対に、いや……っ」

心までは呑まれまいとする、毅然《きぜん》とした抵抗だった。

すると『死神』はますます気に入らないとばかりに眉をひそめ、一気に覆い被さってくる。鉄の塊のような熱が、清らかな肉体を深々と貫いていく――。

「きゃ、ぁああ……っ!!」

背をのけぞらせて叫んだあと、アリーナの意識は一瞬、白く弾んだ。受け止めきれない惨い現実から、心だけでも逃がそうとしたのかもしれない。

「狭い……な。淫乱のわりに、処女のようだ」

「あ……う……」

気を失ったままでいられたら、どんなによかっただろう。

己の呻き声で我に返ると、男の下腹部とアリーナの下腹部は貼り合わせたようにぴったりと重なっていた。

受け入れてしまったのだ。『死神』の雄の部分を、すべて、腹の中に。

「いやあ……っ、出て行って、ぇ」

もしもそこに精を放たれたら。こんな極悪な男の子供を孕まされたら。

想像すると絶望に次ぐ絶望に呑まれ、奥歯がかたかたと震える。

「抜いて、いやぁ」

「これだけきつく咥え込んでおきながら、抜けだと？　もっとくれ、のまちがいだろう」

くっ、と唾棄《だき》するように笑って『死神』はより深くアリーナの蜜源を突き上げた。

「ひぁうっ！」

「とっとと卑しい本性をさらけ出して……俺の未練を断ち切るがいい！」

蹴り飛ばして抜いてしまいたいのに、内襞はびくびくと男のものを締め付けて放さない。

はあっと息を吐いた『死神』は、中のものを半分引き抜き、荒々しく戻す。粘着質な水音の源には鮮血が滲んでいたのだが、気づかぬ様子で腰を打ちつけ続ける。

「嫌、いやぁあ……ああ……っ」

涙声で叫べば叫ぶほど、筋肉質な体はがむしゃらに揺れる。軋《きし》むベッドの上、前髪を乱して腰を使う男を朦朧と見上げ、アリーナはこれ以上、抵抗の意味などないと知る。

（壊れて……いく）

脚の付け根から頭のてっぺんまで、心を串刺しにして貫かれているかのよう。

悪夢だと思い込みたかった。だが、下腹部を満たす異物感は圧倒的で、最奥《さいおう》を荒々しく突かれる痛みも、現実ではないと思えるほど軽くはなかった。

横暴な男に抱かれているのが現実なら、ここがマフィアの本拠地であることも、姉のもとにまだ帰れていないのも現実であると、受け入れるしかなかった。

欲をアリーナの内に吐き出した『死神』は、余韻を愉《たの》しむことなくあっさりとベッドを下りた。息切れもしていなければ情熱のかけらもない、味気ない終わり方だった。

触れていた部分が離れると、いつのまに汗ばんでいたのか、すうっと肌が冷える。

（やっと、解放されたんだわ……）

アリーナは弛緩した体をベッドに投げ出し、ぼうっと天井を見上げた。

裸体を隠す気さえ起きなかった。姉のために死ねないとは思ったが、心は死んでいるのに呼吸をやめない肉体が、未練たらしく生にしがみついているようで煩《わずら》わしい。

「明日にでもおまえ付きのメイドを雇おう。おまえが下っ端の男を漁《あさ》らないようにな」

床のシャツを拾い上げる『死神』は気怠《けだる》そうだ。

「愛人になったからといって、この部屋から出る自由はおまえにはない。夜、性欲処理が必要になったときだけ俺がこの部屋に来る。それまで、おとなしく待機していろ」

アリーナは返答しなかった。

蹂躙されつくした体はとても脆《もろ》いものになったようで、息を吸うたびほころびから漏れ出ていく感じがする。目を閉じても、瞼がぼろぼろと崩れて視界など塞げない気がした。

――これは何の罰《ばつ》だろう。

大切な姉と引き離されたうえ、乱暴な男に体を奪われて、この先逃げ出すのも許されない。性欲処理のためだけに生かされているなんて、奴隷以下の扱いだ。

そもそも、一生姉に会えないのなら、この命にどんな価値を見出せばいいのか。

(わたしが、何をしたっていうの)

十八年間、真面目に生きてきた。信仰も忘れず父と母の言いつけも守り、他人には情けを持って接し、節度ある生活をしてきたつもりだった――いや。

たった一度だけ、アリーナは父と母の言いつけに反し、姉のそばを離れて街へ出た経験がある。十二のときだ。

当時ビアンキ商会には強力なライバル会社が現れ、父は経営方針の転換を迫られていた。麦や香辛料だけでなく、珍しい輸入品を取り揃える必要があったため、父と母の頭は仕事でいっぱいだった。

『アリーナ、リラの体調はどう？』

『リラを頼むぞ。しっかり食事をとるように、おまえが見ていてやってくれ』

両親と顔を合わせるたび、そんなふうに声をかけられた。

体の弱いリラに心配が集中するのは当然なのに、アリーナはなぜだか体が徐々に透けていくような錯覚がした。

どうしてそんなふうに感じるのか、自分でもよくわからなかった。だが苦しさは日に日に増して、息継ぎを求めるように屋敷を飛び出した。誰かに会いたいが、誰にも姿を見られたくなくて、薄暗い路地裏を彷徨《さまよ》い歩いて……。

街で何があったのか、はっきりとは覚えていない。記憶力はいいほうだし、当時のほかの出来事はたいがい覚えているから、意識的に忘れたのだろう。

帰宅後の出来事ならば、鮮明に記憶している。両親から酷く叱《しか》られたのだ。なにか、悪いことをしでかして帰ったのだろう。あのときアリーナがとんでもない罪を犯していたとして、巡り巡って下された罰がこれなら、どうして十八になった今なのか。

（あんまりだわ……）

すると、シャツに腕を通していた『死神』が、背を向けたまま言う。

「必要なものがあれば、メイドか俺に直接言え。愛人として俺の欲を満たした見返りに、宝石でも服でもいい。薬以外なら、なんだって叶えてやる」

「……」

やはり、アリーナは答えなかった。必要なものなどない。薬を与えられたとしても、姉に届けられないのなら意味はない。そう考えて、ふと、思いついた。

（なんだって叶えると、彼は言った？）

物でなくていいのなら、叶えてほしい望みはある。

「でしたら、申し上げます」

「なんだ」

軋む体を起こし、アリーナは『死神』の視線を強気で押し返す。

「姉を、この屋敷に住まわせてください」

ここから出られないのなら、姉を招けばいい。

そうすればひとまず、姉の世話ができる。姉さえいれば、生きていける。

「姉……？」

「パレルモで一緒に暮らしているんです。姉は体が弱くて、わたしがいなければ、姉の生活は立ち行きません。わたしと一緒に、姉をこの屋敷で生活させてください」

マフィアの屋敷に囲われるなんて姉は恐ろしがるだろうし、アリーナが『カルマ』の首領『死神』の愛人になったなどと知ればショックを受けるにちがいないが、アリーナの安否がわからないままでいるよりずっといいはずだ。

「それと、姉には手を出さないと約束してください。あなたの愛人になったのは、わたしです。夜の相手は、わたしが引き受けます。それでいいでしょう」

今しがたベッドの上で受けた酷い扱いを思い出すと、恐ろしさに冷や汗が滲む。だが、大切な姉に手を出されるくらいなら、己の身を差し出したほうがずっとましだ。

『死神』はまだ何か言いたげにしていたが「わかった」と承知して出て行った。

窓のない室内、天井の照明がまるで遠い星のまたたきのように、ちかっと揺れた。

2　シチリアマフィアの暴君

ファルコ・ジェンティノと名を改める前、アンジェロと呼ばれていた頃があった。

最後に母を見たのは別荘裏の崖の上だ。恐怖に見開かれた瞳は、絶望に染まりながらも生を求めていた。いや、本当はずっと、日々声にならない声で母は助けてほしいと叫んでいたはずなのだ。しかしあえなくその身は宙に舞い、絶壁の向こうの海に呑み込まれた。

どうして気づけなかったのか。

十八年経った今でも、毎日己に問うている。

母があの男からどんなに酷い仕打ちを受けていたのか、どれだけ深く打ちのめされていたのか。ファルコがこの世に誕生したことで、どれほどの歪みが生まれていたのか――もっと早くに気づくすべはなかったのか、と。

「――さま。ファルコさま」

呼ばれてハッとして顔を上げると、書斎の入り口にはグレーヘアの男が立っていた。碧《あお》い瞳に、五十路《いそじ》らしく髭の似合う深みのある顔立ち。首領補佐のバジリオだ。

マフィアの首領は代が変われば『血の掟《オメルタ》』を交わし直すものだが、バジリオだけは新首領のお目付役として先代の頃と変わらぬ立場にいる。

「お忙しいところ申し訳ありませんが、少々よろしいですか」

「どうした」

「アリーナ嬢の姉君をお連れしました。アパートの部屋に大した荷物はなかったので、すべて引き揚げてきましたが、アリーナ嬢の部屋へ運び入れてもかまいませんか」

「ああ、頼む。すべて整ったら、俺を呼べ」

「かしこまりました」

バジリオは執事さながらの礼をして去っていく。すっと伸びた背も、細身の体も、体面を重んじるシチリアマフィアらしいといえばらしいのだが、上品すぎて食えない印象もある。とはいえ、彼はナイフを持たせれば決してしくじることのない豪腕だ。

書斎に残されたファルコはまた、タイプライターに手を伸ばす。農地への手紙をしたためようとしたものの、集中できずにふうっと息を吐いた。

(まさか、アリーナ・ラフォレーゼがシチリアで見つかるとは)

昨夜この手で抱いたというのに、まだ信じられない。この四カ月、持てる人脈のすべてを使って彼女を捜していた。行き場を失い、路頭に迷っているのなら、手を差し伸べてやりたかった。だが消息は知れず、体の弱い姉ともども死んだという噂も聞いた。

どんな姿になっても生きていてほしかった。

美しく伸ばした髪と引き換えに、ファルコの命を助けた少女――アリーナ。

『……ああ、君、目を覚ましたか！』

六年前、生死の境を彷徨ったファルコ……いや、当時はアンジェロだ。

アンジェロが病院のベッドで目を覚まし、最初に見たのは、眼鏡をかけた若い男性医師のほっとした顔だった。

『意識さえ戻れば安心だ。助けられて本当によかった。君、三日も寝ていたんだぞ。君を見つけてわたしを呼んだアリーナ嬢は、まさしく命の恩人だな』

『アリーナ……？』

『そう、ラフォレーゼ家のアリーナ嬢だ。君、ビアンキ商会で働いていたんだろう。アリーナ嬢に顔を知られていて、命拾いしたな。まさか、あの評判の美しい髪と引き換えに、治療を頼まれるとは思いもしなかったが』

ビアンキ商会という名を聞いて、アンジェロは気を失う前の出来事を思い出す。友人フェデリコとともに脱獄し、その際、負った脚の怪我で動けなくなったこと。裏路地でうずくまっていたとき、金の髪の少女がやってきてこの身を救ってくれたこと。

『彼女は……今、どこに？』

『アリーナ嬢かい？　次はいつ会えるだろうな』

『どういうことですか』

『彼女は訳アリでね。そうそう屋敷の外へは出ない、深窓のご令嬢なんだ』

聞けば、アリーナは十二になったばかりの名門商家の次女だという。普段は体の弱い姉の補佐役を務め、つねに姉の後ろを歩いては姉の指示に従う影のような存在とのこと。

なぜ三日前、ひとりで裏路地を歩いていたのか医師にもわからないようだった。

（アリーナ・ラフォレーゼ……）

目を閉じてその姿を瞼に蘇らせると、いつか教会で見たピエタ像の聖母ときれいに重なった。神々しいぬくもりを感じる、あの視線。母と同じく、二色に分かれた珍しい瞳。

聖母というにはアリーナは若すぎるが、彼女からは同世代の少女には持ち得ない母性のようなものを感じた。あれは、アンジェロの母と印象が重なったせいだけではない。

姉という庇護《ひご》すべき存在があるからこそ、だったのだろう。

ピエタ――憐れみ、慈悲。

あのとき、アンジェロの命を蘇らせたのは、慈悲を宿した美しい瞳の少女だった。

コンコン、と扉をノックする音がする。バジリオだ。

「ファルコさま。アリーナ嬢の部屋が整いました」

　ファルコは一旦ペンを置き、立ち上がる。感傷に浸るのはここまでだと思ったのだが、書斎を出て、古城の寒々しい廊下を前にしたら、自然と六年前の出来事が思い出された。

『アンジェロ！　生きていたのか、アンジェロッ』

　シチリアへ渡り、初めてこの城を訪ねたとき、出迎えてくれたのはフェデリコだった。ともに牢獄で生き延び、脱獄を果たし、そしてあの路地で見送ったフェデリコだ。

　バイソンを思わせる赤い髪と焼けた肌が特徴的な彼は、『カルマ』先代首領の末息子だ。マフィアの息子ならば牢獄から抜け出るすべを持っているかもしれないと思い近づいたのだが、彼は思いのほか人懐っこく、かえって懐かれた。

　そもそも、性格的に合う相手だったというのもあるだろう。

『ずっと捜してたんだ。ひとりでこっちへ戻ったあと、仲間を何人も捜しに行かせた。だが見つからなかったから、てっきり死んじまったんだと……よく生きていたな！』

『すまない。医者の厄介になっていた』

　病院を出るとき、アンジェロはアリーナに礼を言いたいと思った。感謝の気持ちを伝えもせずに、シチリアへ渡るのはあまりにも申し訳なかった。

　だが屋敷を訪ねても返せるものはなく、アリーナに会えないどころか物乞いと勘ちがいされ追い払われて、いつか必ず恩返しをしようと心に決めるしかなかった。

『そうか。何にせよ、会えてよかった。約束どおり、恩返しに俺が親父にかけあってやるよ。アンジェロ、おまえも「カルマ」の一員になれるようにな。復讐するには足場がいるだろう。仲間も多いほうがいいはずだ』

恩返しというのは、脱獄に協力しただけでなく、獄中で読み書きを教えたことに対しても、だろう。というのも、シチリアマフィアの祖は農地の管理人であり、農村の出身であることから、かつては学などなくて当然の連中だった。

だが政治や国の中枢に食い込むようになった昨今、最低限の知識と教養、そして知恵がなければ世渡りはできない。足を引っ張ろうとする他のマフィア一家を出し抜くためにも、学びは必要だとフェデリコは考えたらしいのだ。

そうして律儀にも彼は実父である『カルマ』の首領にアンジェロを引き合わせてくれたのだが――。

『おまえがアンジェロか。脱獄の際に世話になったと息子から聞いている』

先代首領はやはり大型のバイソンを思わせる男で、白髪混じりの赤ひげを蓄え、嗄《か》れた声には錆《さ》びた鉄器のような重みがあった。

『なぜ牢獄になど入った？』

『母親殺しの罪を……着せられました』

『ほう。着せられた、とは。詳しく話せ』

石造りの寒々しい客間で、アンジェロは己の生い立ちを語った。

とある事情で、アンジェロには父とも母とも血の繋がりのない義兄がいる。義兄はアンジェロがこの世に誕生する前に引き取られ、いずれは父の跡を継ぐことになっていた。

しかし、予定外にアンジェロが生まれた。

義兄が、嫡出子《ちゃくしゅつし》である義弟に家督《かとく》を奪われやしないかと危機感を持つのは当然だ。そして、その不安や不満はか弱い母に向かって噴出することになる。

そうだ。義兄は卑怯にも、目障りなアンジェロ本人ではなく母を虐《しいた》げたのだ。

父やアンジェロの知らないところで母は執拗に犯され続け、誰にも言えぬまま、義兄の子とも父の子とも知れぬ子を身籠《みごも》った。その事実を知ったのは、義兄の手で母を殺され、その罪を着せられて牢獄に送られたあとだった。

『義兄の名はロドヴィーゴ・ルチアーノ。ルチアーノ財閥の、現会長です』

『ルチアーノ財閥……』

首領の表情が鋭くなったのがわかった。

というのも、ルチアーノ家といえばイタリア半島でも有数の富豪で、かつては枢機卿《すうききょう》も輩出した名門伯爵家だ。国の政治にも深く関わり、他国との外交にも一役買っている。

イタリアに住みながら、その名を知らぬ者はいない。

『義兄が憎いか。殺したいのか？』

『はい。義兄に協力して俺を有罪にするため嘘の証言をしたメイドと、金と引き換えに俺を牢獄に繋ぎ続けた判事も同様に』

アンジェロは即答した。

母への仕打ちだけで充分万死に値するが、ロドヴィーゴへの恨みはそれだけではない。判事を買収し、メイドに嘘の証言をさせ、そして不当な有罪判決に持ち込んだのも義兄だ。そのうえアンジェロの投獄後、司法に圧力をかけて再審や釈放を阻みもした。

看守の憂さ晴らしに鞭打たれ、痛みに歯を食いしばり、幾度となく気を失いながらも眠ることさえ許されなかった十二年間。

ロドヴィーゴをいつか地獄にやることだけが、アンジェロの生きる理由だった。

『ただ殺すだけでは気がすまない。ルチアーノ財閥を取り上げ、家族がいるなら皆殺しにし、その罪を被せて投獄したうえで嬲り殺してやる……っ』

怒りに震えるアンジェロを前に、首領は大口を開けて笑った。

『くはは！　久々に面白い男に出会った。いいだろう、「カルマ」に迎えてやる』

『本当ですか、父さん！』

フェデリコは我が事のように喜んでくれた。

『ちょうどいい。ロドヴィーゴ・ルチアーノには俺もひとつ遺恨《いこん》がある。いつ、けじめをつけさせてやろうかと考えていたところだ。おい、青年。おまえはまず、そのアンジェロ《天使》などという慈悲深い名を捨てろ。おまえは今日から……そうだな。その眼光の鋭さを表してファルコ《鷹》と名乗れ』

『はい。ありがとうございます……！』

こうしてアンジェロはファルコと名を変え、マフィア一家『カルマ』に加わった。

しかしマフィアの下っ端構成員は身を粉にして働いたところで、上に金を納めるばかりで給料もない。下積みの間はとくに食うにも困る状態だったが、復讐という目的のためには、ファルコは誰よりも早く正確に、誰よりも冷酷に仕事をこなし続けた。

半年、一年、二年……。

三年目を迎えた頃には、ファルコは没落した伯爵家を金で買い、政治の世界にも人脈を広げていた。ロドヴィーゴに繋がる人々を籠絡し、時に強請《ゆす》り、時に闇に葬《ほうむ》りながら、まずはロドヴィーゴを孤立させてゆくつもりだった。

そして、今から半年前のことだ。

状況を一変させる出来事が起こった。

マフィア同士の小競り合いで、次期首領に決定していたフェデリコが命を落としたのだ。

『仇《かたき》のアジトを一網打尽にしろ。一匹残らず殺せ!!』

首領が怒号を飛ばす中、ファルコは真っ先に動いた。

命令を下されなくとも、唯一、友と呼べる男を殺した奴らを許してはおけなかった。

『カルマ』内で自分に近い構成員たちを集め、陣頭指揮を取り、たった一時間のうちに仇《かたき》討《う》ちを遂行した。打算はすこしもなかったが、これが首領に評価され、ファルコはフェデリコが継ぐはずだった首領の座を手に入れることとなったのだった。

突然の代替わりに反発した構成員もいたが、先代の「俺の決定に文句があるのか」というひと声で全員が黙った。

(その直後だったか。ビアンキ商会が倒産したらしいと噂で聞いたのは)

ビアンキ商会といえば、アリーナの父の経営する会社だ。

ファルコは急ぎアリーナを捜したが、機を逸したのは言うまでもなかった。彼女が両親を亡くし、姉とともに屋敷を追い出されてから、すでに二カ月が経過していたのだ。

安宿を転々としているらしいというところまではわかっても、でたらめな噂に振り回されるばかりで消息はようとして知れなかった。

(生きてさえいれば、助けてやれると思っていた)

冷たい廊下を大股で移動しながら、ファルコは思う。

マフィオーソとなってから、幾度となく銃の引き金を引いた。命じられれば人の命も迷わず奪った。必要であれば人を騙し、恐喝《きょうかつ》や略奪にも手を染めた。神に見放されようが、いずれ地獄に落ちようが、かまわなかった。

だがそのたび、気づけば頭の片隅に思い描いていた。

こんな自分のために捧げられた、あの美しい金の髪のきらめきを。

憐れみに満ちたピエタの少女を思うと、ひとひら、清らかなものが胸に舞い降りた
ファルコにとっていつの間にかアリーナは、この世でもっとも崇高《すうこう》で、慈悲深く、赦しを与えてくれる唯一の聖域となっていたのだ。

よもや、狡猾《こうかつ》に男を誘惑する女に成り下がっていたとは思いもしなかった。騙されて堕とされたなら救ってやらねばと思うが、アリーナは自ら望んでその身を汚し、薬に溺れ、ファルコの唯一の心の拠り所を奪った。

許せるはずがなかった。

「入るぞ」

ノックもなしにアリーナを監禁している部屋に入ると、姉妹はまさに再会したところだったらしい。車椅子に座った姉リラとアリーナが、しっかりと抱き合っていた。

「アリーナ、ああ、アリーナ！　無事だったのね……！」

「リラ姉さまこそ、元気そうでよかった！　ごめんなさい、昨夜は心配をかけて。姉さまのもとへ帰れなくて、ほんとうにごめんなさい……っ」

話の筋からして、アリーナは毎晩きちんと姉の待つ部屋に帰宅しているらしい。男と毎夜、セックス・ドラッグに耽《ふけ》っているのではなかったのか。どういうことだ？

いや、なんにせよ昨夜ナターレをたらしこもうとした事実は変わらない。

あの清らかだったアリーナが売女のように汚れたかと思うと忌々しくて、反吐《へど》が出る。

「……再会できたようだな」

ボソッと言うと、ようやくファルコの存在に気づいたアリーナが振り返る。すかさず背中に姉を庇いながら、お辞儀をして見せる。

「姉を連れてきてくださって、ありがとうございます。姉の面倒はわたしが見ますので、これ以上のお気遣いは必要ありません」

恐怖を押し殺し、毅然《きぜん》と振る舞うさまは健気そのものだ。

まるで、六年前の少女をそのまま大人にしたかのようだとファルコは思う。当時十二と聞いたから、今は十八……それにしては大人びた顔つきと、芯のあるまなざしは、初めて目にした瞬間から変わっていないように見える。

思えば、昨夜の彼女も終いまでファルコに屈しなかった。

悔《くや》し涙を流しながらこちらを睨む瞳は、気高いままに見えた。いや、ありえない。

騙されるな。これも彼女の手管のうちだ。

「あの、そちらの方は？　もしかして、キャバレーの支配人さん？」

すると、その姉がアリーナの後ろからひょこっと顔を出した。アリーナよりも淡い金の髪を胸まで垂らした、下がり眉の気弱そうな女だった。

「アリーナがいつもお世話になっています。私は姉のリラと申します」

ここがマフィアのアジトとは気づいていないらしい。すると、バジリオはリラを連れてくるにあたり、よほどうまく立ち回ったにちがいなかった。

「姉さま、あのね、この方はキャバレーの支配人じゃないの。その……えっと」

マフィアの愛人になったとは言いにくいのだろう。どうせすぐに知られる話だろうに、小賢《こざか》しい――ファルコはわざと、紳士的に頭を下げてみせる。

「ファルコ・ジェンティノだ。マフィア一家『カルマ』の屋敷にようこそ」

アリーナとリラの顔が、同時にすうっと青ざめるのがわかった。

「あ、アリーナ、あなた、危険なことはしないでって、あれほど言ったのに……っ」

「ごめんなさい、姉さま！　でも、わたし、こうして無事でいるでしょ？」

「それは結果論でしょうっ。もし無事でいられなかったらどうするつもりだったの⁉」

「だけど」

「言い訳をするんじゃないのっ」

昨夜、力づくで抱かれたのによく無事などと言える。あれほど嫌がっていたのは、格好ばかりだったのか。それとも、終わってしまえば物の数ではないということか。

本当は今も怯えているくせに――気に入らない。

「アリーナ」

呼びながら、ファルコは姉妹に背を向ける。直視していたら、昨夜のようにめちゃくちゃに壊したくなるのは目に見えていた。

「言っておくが、おまえたちの生活場所はこの部屋の中だけだ。必要なものがあれば、俺かメイドに言え。アリーナ、おまえが務めさえ果たせば客人として丁重に扱ってやる。すべて、おまえ次第だ。夜、必要があれば呼び出す。いいな」

返事を待たず部屋を出て、すぐさまバジリオに施錠させた。

どうせ身も心も堕ちたのなら、もっと救いようもなく汚い部分を見せつけてほしかった。そうすれば、この世にあの聖域はもう存在しないのだと諦め切れる。

それなのにアリーナは清らかな聖母の顔をちらつかせ、ファルコの未練を誘う。

(……くそ)

部屋へ戻り、苛立ちをぶつけるように黙々とタイプライターを叩いた。

窓の外、眼下には紺碧のティレニア海がぎらぎらと、昼の太陽を反射して目障りなほど輝いていた。

*

やっと、姉に会えた。

今まで半日も離れていたことなどなかったから、一晩顔を見ていないだけで別人のように新鮮だ。手の届く位置にいられるだけで、どんなにありがたい境遇だったのかを思い、知った気分だった。しかし――。

「ねえ、アリーナ。務めってどういうこと？　あなた、この屋敷でなんの務めを果たすつもりなの。まさか、マフィアの一員になったわけじゃないわよね？」

『死神』が去り際に残していった余計なひと言のせいで、アリーナは説明に追われる羽目になった。

「そ、そんなはずがないじゃない！　マフィアは男社会よ。女の身で飛び込むのは無理があるわ」

「だったら、どうしてこんなところにいるの。務めって、いったいなんなの？」

「それは、その……そう！　このお屋敷の掃除係よ！」

「掃除係？　でも、さっきあのファルコさんとおっしゃる方は、私たちに『この部屋から出るな』と言ったわ。部屋に閉じこもっていて、どうやってお屋敷のお掃除をするっていうの？」

「ええと……」

言葉に詰まりそうになって、笑顔で誤魔化した。

「あれは、昼間はおとなしくしていろって意味よ。だってマフィアの行動時間といえば夜でしょう。昼間、静かに休んでいるところを邪魔したらいけないから、夜にお掃除をするの。ドン・ファルコも言っていたでしょう、夜に必要があれば呼び出すって。姉さまが寝ている間に部屋を空《あ》けることになるけど、心配はいらないわ」

「暗くなってからお掃除だなんて、汚れを落とし損ねそうな気がするのだけど」

ここぞとばかりに姉は鋭い。だが、誤魔化しきる以外にアリーナに道はなかった。

「夜でもしっかりお掃除できるわよ。だってこのお城、電気が通っているのだもの」

「そう……？」

リラはかろうじて納得したようで、アリーナは内心、ほっと胸を撫でおろした。

本当の話など、絶対に打ち明けられない。

マフィアの首領の愛人になった、だなんて。

姉が知れば、自分のせいで妹が犠牲になったと自責の念にかられるに決まっている。だがアリーナがここへやってきたのも、処女を奪われたのも無理やりで、アリーナの選択の余地はなかった。決して、姉のせいではない。真実を知って、姉が己を責める姿など見たくはない。

「でもアリーナ、頑張ってくれたのね」

「え？」

「ここは『カルマ』のお屋敷なのでしょう？　私の体を治すお薬、もらえることになったのね？　それで、私もここへ呼ばれたのよね？」

期待のまなざしで見上げられ、答えに詰まる。

薬以外ならなんでも叶えてやると『死神』には言われている。裏を返せば、どんなに頑張って愛人の役割を果たしても、薬だけは絶対に手に入れられないのだ。が、そんな残酷な事実、告げたくはなかった。

姉には、希望を失わずにいてほしい。

「……ええ。わたしがきちんと務めを果たせば、きっといただけると思うわ」

「ありがとう、アリーナ。だったら、私も怖気《おじけ》づいていないで、アリーナの足手まといにならないように頑張らなくちゃいけないわね」

無邪気に微笑んだ姉は、直後にごほっと咳《せき》込んだ。慌てて、その背をさする。

「姉さま、大丈夫？」

気のせいでなければ、リラの体は震えていた。熱が上がっているのかもしれない。

「おかしいわね。今の今まで、大丈夫だったのだけど……」

「きっと気が張っていたのよ。ほっとしたから体調を崩したんだわ。昨夜、食事は？」

「……パンを、すこし」

要するに食べていないも同然ということだ。このままではいけない。

アリーナは急ぎリラをベッドに寝かせ、布団で包んだ。全身が冷たい。どうにかして、姉の体を温めなければ。だが、温かい飲み物を淹《い》れようにも、この部屋にはバスルームとトイレしかついていない。駄目でもともと、廊下に続く扉を叩いて叫ぶ。

「誰か！　誰かいませんか!?」

　すると、待ち構えていたように鍵を挿し込む音がして、扉が開いた。姿を見せたのは、メイドふうの黒いロングワンピースと白いフリルエプロンに身を包み、眼鏡をかけた中年女性だった。

「ご用ですか、アリーナさま。私、メイドとして雇われましたアダと申します。どうぞよろしくお願いします。私は字が読めませんので、ご命令は口頭でお願いします」

「アダ……こちらこそよろしく。あの、さっそくだけれど姉の体調がよくないの。追加の毛布と温かいミルクを至急、お願いできるかしら」

「かしこまりました」

　毛布とミルクはすぐさま用意されたが、リラの体調は回復しなかった。冷えきった体が一気に温かくなったと思ったら、発熱したのだ。

　もともと病気がちなリラだが、いざというときに医者を呼べない状況で体調を崩すのは初めてで、アリーナは焦《あせ》らずにはいられない。

　目の前でふうふうと苦しげに息をする姉を見ていると、居ても立ってもいられない気持ちになる。代われるものなら、代わりたい。自分が苦しいより、姉が苦しいほうがずっと耐えられない。だがアリーナにできるのは濡れた布を額にあててやることくらいで、己の無力さがはがゆくてたまらなかった。

——例の薬があれば、きっとよくなるのに。

頭をよぎったのは『死神』の顔だ。姉が寝込んでいるという状況を説明しても、薬はもらえないのだろうか。もちろん、簡単に情に流される人でないのはわかっている。だが、このままじっとしているのはあまりにももどかしい。

アダに頼んでみようか。いや、人を介しては姉の体調がどれだけ深刻か伝わらないし、アダを介して食い下がるのも難しいだろう。アリーナが直接『死神』と会って交渉するべきだ。

「アダ、お願いよ。わたしを『死神』……いえ、ドン・ファルコの居場所へ連れて行って。お話ししたいことがあるの」

「……かしこまりました。少々お待ちいただけますか」

律儀にもまた部屋に外鍵をかけ、アダは『死神』に許可を取りに行ったらしい。戻るなり「こちらです」とアリーナをひとつ上のフロアへ導く。

「ドン・ファルコ、アリーナさまをお連れしました」

「ああ、入れ」

分厚い扉の向こうから聞こえてくる、低くくぐもった返答に体が縮こまる。

思い出すのは膝を割り開く強引な腕、両手を摑んでびくともしない手、脚の付け根を撫でる指、胸の先をねぶるねっとりとした舌——ふたりきりになって、大丈夫だろうか。

けれど、ここで逃げ帰るわけにはいかない。姉を助けられるのは自分しかいないのだ。アダに「わたしが戻るまで姉についていて」とお願いし、扉を開く。

「失礼します」

さぞやマフィアらしい贅沢な部屋だろうと思いきや、目の前に広がっていたのは膨大な数の本だった。窓のある奥の壁以外は作り付けの本棚になっていて、分厚い本ばかりがずらりと並んでいる。

（書斎……？）

すべて『死神』の本だろうか。マフィアの屋敷に本などあるとは思わなかったから、意外な光景だった。

「なんの用だ」

『死神』は窓辺の机に新聞を広げていたが、ばさっと閉じてアリーナを見た。

「あの、わたし」

黒々とした鋭い瞳に怯えそうになりながらも、勇気を振りしぼる。

「あなたに、お願いがあって参りました」

「お願い？　なんだ」

「実は、姉が……」

姉が熱を出して、苦しんでいるんです。治療を受けさせてください。どうか、特効薬を与えてください、とアリーナは言うつもりだった。

だが『死神』が思い出したように「いや、待て」とアリーナの言葉を遮る。

「この俺に頼み事をするのなら、そのまえにすべきことがあるはずだ」

「……え」

「おまえは、この俺に囲われている立場だ。俺と対等に話をして、無条件で願いを聞き入れてもらえるなどと驕《おご》られては困る。先ほども言ったはずだ。務めさえ果たせば、丁重に扱ってやると。――脱げ」

容赦なく命じられ、全身がこわばった。

「わ、わたしの裸なら昨夜、その目でご覧になったでしょう」

「たった一度のセックスで何度報酬をもらうつもりだ？　俺はおまえの望むとおり、姉をこの屋敷に連れて来てやった。部下にも指一本触れさせていない。そのうえ、専属のメイドもつけた。おまえが娼婦《しょうふ》だとして、これ以上は不当な請求だと思うが」

何を言っているのか。無理やりアリーナをこの屋敷に連れてきた時点で、正当も不当もない。だが、この立場を利用しようと考えればこそ、アリーナはマフィア相手でも姉を連れてきてほしいと強気で要求できた。

愛人として報酬を求めても許されるのなら、求めない手はない。

「従えば……願いを、聞いていただけるんですか」

「俺を満足させられれば、の話だ。いい加減な奉仕で要求が通ると思うな」

(ノーとは言わないのね)

ならば好都合だと、アリーナは覚悟を決めて胸のボタンに手をかける。『死神』は「ふうん」と興味深そうに椅子の肘置きに頬杖をついて、机越しにアリーナを眺めた。

「……っ」

ぱさっと、衣擦れの音を立てて花柄のワンピースが床に落ちる。このワンピースは、昨夜『死神』に着ていたものを——下着を含め——残さず破られたあと、いつのまにか部屋に用意されていたもの。

下着の類は用意されてなかったから、これだけで簡単にアリーナは裸になった。

「これで、いいですか」

恥ずかしくて息も止まりそうだったが、懸命に強がって背すじを伸ばした。

見たければいくらでも見ればいい。いやらしい視線になんて、絶対に屈しない。

「こっちへ来い」

やはり、脱ぐだけでは終わらないらしい。予想はしていたが、引き裂かれそうな下腹部の痛みを思い出して背すじがゾッとする。それでもどうにか嫌悪感を抑えて『死神』の椅子の横まで行くと、足もとの床を指差された。

「跪《ひざまず》いて、咥えろ」

何を言われているのか、わからなかった。

「くわえるって、なにを……」

「はぐらかすな。得意だろう？」

腕を摑んで引っ張られ、床に膝立ちにさせられる。目の前には椅子に腰掛けた『死神』が脚を広げていて、まさかと血の気が引いた。

口に入れろというのか。

昨夜、処女を突き破った凶器を。

「で、できません、わたし、そんな」

「ふうん。では『お願い』は諦めるということだな」

そうだ。彼の要求を退ければ、アリーナの要求も通らなくなる。

諦めるなんて、できない。こうしている今も、姉は熱に浮かされ苦しんでいるのに。

「……すみません。やります……」

「させていただきます、だろう」

「させて、いただきます……っ！」

悔しい。こんな非道な男の言いなりになるしかない、非力な自分が憎い。

屈辱に耐えて、男の脚衣を緩める。姿を現したそれはまだ萎《な》えているが、黒々としていかにも異物だった。姉妹で育ち、男兄弟もなく、男性の体などほとんど直視したこともなく育ったアリーナにはあまりにもグロテスクだったが、恐る恐る体を屈め、先端から口に含んだ。

生ぬるく、柔らかく、初めて口にする感触……。

「……う」

気持ち悪い。吐き出してしまいたい。でも。

「何をやっている。舌を動かせ」

言われたとおり、アリーナは舌を動かして口内のものをねぶった。たるんだ皮膚の表面に、舌のざらつきが絡む。まるで、中身のない魚の皮のように生っぽい。

それはゆっくりと、まるで水袋が膨らむように形を持っていく。

「ん、ぅ」

口内を満たされたと思ったら、みるみる収まりきらなくなった。頬を膨らませても半分ほどしか咥えられなくなり、アリーナはやむなく舌を出してくまなくそれを舐めた。ごつごつした側面から、根もとのほうまで丹念に。

「刺激が足りないな。しゃぶれ」

――怯んでなるものですか。

悔しさは徐々に怒りとなり、アリーナは激しく張り詰めたものの先端をしゃぶった。刺激が欲しいならくれてやる。ちゅうちゅうと音を立ててそこを吸い、舌で表面を擦る。

と、口の端からふいに唾液がこぼれて喉を伝った。

生ぬるい感触に、なぜだか背すじがぞくっとする。

「んん……ふ、ぁ」

なんだろう。体の芯が火照って、息が上がる。ふつふつと、胎内から得体の知れない熱がせりあがってくる。

すると肘置きにあった手が伸びてきて、アリーナの乳房を摑んだ。

「ん！」

突然の刺激に腰がひくっと跳ね、下腹部に甘い痺《しび》れが広がっていく。口に集中していた意識がその甘さに囚われ、舌を動かすのがおろそかになりかける。

――だめ。きちんとしないと、この人を納得させられない。

意地になって唇をすぼめたら、胸の先端をふたつともつままれてびくっと肩が跳ねた。

「ヤ……、集中、できませ……っ」

「悦《よろこ》ぶように腰をくねらせながら言うことか」

馬鹿にするように笑われて、かっと全身が熱くなる。

悦んでなどいないと言い返したいのはやまやまだが、腰は確かにくねっていた。胸の先をくにくにと指で転がされると、より大胆に腰が揺れて止まらなくなる。

触れられたくないと頭では考えるのに、彼の指の動きが好ましい。脚の付け根がじわじわと、熱く溶けてゆくようだ。

「もっと、深く咥えろ」

「う……んんっ」

「もっとだ」

できない、とは、なぜだかもう思わなかった。

（ぼうっと……する）

全身をひくつかせながら、アリーナは上向いた屹立《きつりつ》を喉の手前まで咥え込む。どろどろに熱っぽくなった口内に、張り詰めた肌の硬さが不思議と馴染む。

（暑い……）

己の奥に蓄積していく熱にのぼせそうだ。いや、いっそのぼせてしまえたら――。

アリーナはあえて意識をぼんやりと保《たも》ち、ことさらいやらしい水音を立てながら雄のものの全体を啜《すす》った。余った部分に手を添え、唾液の滑《ぬめ》りを塗りつけるようにさすったのは、ほとんど無意識だった。

「んむ……う」

びくびくと動く凶器は、危うくも官能的だ。先端の柔らかな丸みも、硬い側面も、舌で撫でるほどなめらかになって、アリーナの本能を惑わせる。いやらしく腰をくねらせるたび、ご褒美のように胸の先を刺激してもらえるのもいけない。

気づけばアリーナは体全体を誘うようにゆるゆると上下に動かし、夢中でそれにむしゃぶりつく格好になっていた。

「んく……うぁ、う」

「そうして、何人の男にねだってきたんだか」

右の乳房を摑み、揉み込む手が汗ばんでいる。やや強めに力を加えられると、膨らみは奥にじんと新たな痺れを生む。

「んん、ぅ……ぁ」

あとすこしで何かに届きそうな気がする。急激な衝動の向こうにある、甘くもったりとした蜜のようにそそる何かに——胸を揉む手に思わず縋ったら、キュウっと乳首をつまみ上げられて、下腹部がたまらなく疼いた。

「う、んん、っ……！」

後頭部を摑んで引き寄せられたのは、直後のことだ。ぐっと喉の奥に雄の先端を押し付けられ、訳もわからないままそこに熱を受け止めさせられ、耐えきれずむせ込む。

「ごほっ……は……はぁっ……あ……」

終わった、のだろうか。

これで解放される？

安堵すべきなのに、なぜだか物足りなさを感じてアリーナは戸惑う。どうして、突然放り出されたような気分になるの。どうして、体内の熱がこもったますますこしも消えてくれないの――。

へたり込んだまま肩で息をしていると、ばさっと上着を投げられる。気遣われたというより、用がすめばもう見たくないとでも言いたげな態度だった。

(最低……)

初対面で紳士だなんて、どうして思ったのだろう。

マフィアなどという暴力的な集団に属するからには、ただの乱暴者で、生まれつき人として大切なものが欠如していたとしか考えられない。でなければ、平然とあんなものを咥えろなどと言ってのけるはずがない。

「それで、俺に何を頼みに来た？」

『死神』は言う。面倒そうでも、要求を呑む気はあるらしい。

口もとを手の甲で拭うと、もう怖くないはずなのに、まだ指先が震えていた。

「お医者さまを、呼んでください」

「医者だと？　おまえ、具合でも悪いのか」

驚いた様子で右肩を摑まれ、びくっとせずにはいられない。

「わ、わたしではなく、姉です。熱を出しているんです。ですから、お……お薬をいただけたらと」

「……そうか」

途端『死神』の顔に浮かんだのが安堵だったから、アリーナは戸惑った。

（どうして……）

熱を出したのがアリーナではないと知って安心するのだろう。あんなふうに性欲のはけ口にしておきながら、一方で体調を案じている？　なんのために？

「屋敷に住み込みの医者がいる。すぐに部屋へ向かわせる」

戸惑うアリーナを残し、『死神』は大股で書斎から出て行く。

ひとりになって、アリーナは細い両腕で己をきゅっと抱き締めた。

汚されることに慣れていく恐怖と『死神』の考えがまったく読めずに混乱する気持ち、そして姉に真実を打ち明けられない申し訳なさが胸に散らばっていて、こうしていなければ体まで同じようにばらばらになってしまいそうな気がした。


「ありがとう、アリーナ。もう大丈夫よ」

二日後、リラはベッドから車椅子に移れるほど元気になった。

アリーナがこれまで見てきた中で、もっとも早い回復だった。

住み込みの医師が数時間おきにやってきて診てくれたうえ、食事も喉を通りやすいもうに変えてくれるなど、行き届いた世話のおかげもあるだろう。

だが、アリーナには、なによりも処方された薬が効いたように思えた。

(きっと、例の特効薬だったのだわ)

例の奉仕がお気に召したのか、体調を崩したリラを不憫に思ったのか……いや、あの血も涙もない男のことだ。屋敷内でよそ者に死なれては後処理に困るとでも考えたのだろう。

——気まぐれでもいいわ。

彼の気が変わったなら、こんなにありがたいことはなかった。

「本当にこんなに効くお薬があるなんて、すごいわ！　このまま投薬治療を続けていけば、私、元気になれる気がしてきちゃった」

「そうね。姉さまなら、きっとすぐによくなるわ」

無邪気な笑顔を前にすると姉を騙していることへの罪悪感は湧くけれど、それでも、元気になってよかったと思う。

姉のためなら、アリーナはなんだってできる。

しかし、翌日にはもう同じ薬は処方されなかった。もう充分回復したからと医者は言ったが、崩していた体調を元に戻しただけで、まだ根本的な完治に至っていないのはアリーナが見てもわかる事実だった。

そうだとすると、先日奉仕したぶんの報酬が切れたにちがいない。

――『死神』に会って、愛人の務めを果たさなくちゃ。

薬を継続して服用しなければ、姉の体調はまた悪いほうへ行きかねない。

そうしてメイドのアダに取次ぎを頼んだが、運悪く『死神』は屋敷を留守にしていた。同じシチリア島内にある、シラクーサという街へ行っているらしい。戻ったのは五日後で、さらにそのあと二日間、忙しいのか、面会を受け入れてはもらえなかった。

「次はいつになるのかしらね、投薬治療」

姉にそう言われて焦ったアリーナは、その晩またアダに頼み『死神』の寝室を訪ねた。

「ドン・ファルコ。わたしです。アリーナです」

『死神』の寝室の扉をノックすると、背後で風の音がする。同時に、廊下の突き当たりにあるステンドグラスにばらっと雨が打ち付けた。どうやら、屋敷の外は荒れ模様のようだ。

(監禁されている部屋には窓がないから、嵐だなんてわからなかったわ)

大風で木々がしなっているのだろう。びゅうびゅうと風を切る音は、堅牢《けんろう》なはずの石造りの建物まで揺れているように錯覚させる。

「ドン・ファルコ？　いらっしゃらないのかしら」

呟くと「いいえ」とアダが斜め後ろから言う。

「今日はもう、寝室に入られたと聞いております」

しかし、もう一度呼んでも返答はなかった。眠っているのかもしれない。

起こしていいものか迷ったが、姉を思うと引き返せるわけもなく、アリーナはアダに「行ってみます。ありがとう」と告げると扉を開いた。幸い、鍵はかかっていなかった。

「あの、失礼します」

室内には暖炉《だんろ》が灯り、木の爆《は》ぜる音とともに橙《だいだい》の光が揺らめいている。

組み木細工の天井に、シンプルな壁紙。殺風景なほどインテリアを排除した空間で、黒々とした影を壁に落としているのは木枠のベッドだった。

「夜分にすみません、アリーナです。あなたにお話があって……」

緊張しながら近づいていくと、かすかに、呻くような声が聞こえる。

(この声は『死神』の……？)

具合でも悪いのだろうか。悪夢でも見ているとか？　だがあの冷酷な『死神』が、悪い夢を見たくらいでうなされるとは思えなかった。夢の中でも傍若無人に振る舞って、周囲の人間を虐げているにちがいないのだから。すると、体調でも悪いのかもしれない。

「……大丈夫ですか……？」

顔を覗き込もうとすると、すさまじい勢いで振り払われた。びっ、と音を立ててネグリジェの肩口が破れる。

「きゃ」

「触るな……っ」

直後、アリーナは目を瞠《みは》った。

筋肉質な背中が、引き裂かれたような赤い傷痕に埋め尽くされていたからだ。ひとつではない。前の傷が癒えないうちに幾重にも、繰り返し傷つけられたような酷い痕だった。

「それ、いったい、なんの痕ですか」

最近ついたものだろうか。

最初に抱かれた夜にはわからなかった。彼の正面しか見ていなかったのもあるし、死神のタトゥーに気を取られていて気づかなかった可能性もある。

「なぜおまえがここにいる。出て行け！」

アリーナの問いかけを無視して『死神』は低く脅しかける。まるで手負いの獣のように凶暴で、いつにも増して殺気立っている。

ここは退散すべきだ。到底、冷静に交渉などできる状態ではない。

そう思ってアリーナは一歩後退しかけたが、ごうっと窓の外で風が吹くと、彼はまた呻き声をあげてシーツに激しく爪を立てた。

「……くっ……う……」

苦しそうだ。呼吸もままならない様子でのたうちまわる姿は、まさに凄絶《そうぜつ》だ。

(放っておいて、大丈夫なのかしら)

情をかける必要はないと、頭では理解している。なにしろ彼はアリーナをこの屋敷に監禁し、強引に処女を奪った極悪非道の人でなしだ。

だが、脂汗を浮かべる苦悶の表情が、熱を出してうなされる姉の顔となんとなく重なって見えたら、ただ逃げ帰るわけにはいかないと思ってしまった。

「わたし、お医者さまを呼んできましょうか」

「無駄だ。医者など、なんの役にも立たない。幻の、痛みの前では」

「幻……？」

問いかけに重なって、また大風が木々を揺らす。びゅうっと、枝が風を切ってしなる。

途端に『死神』がぐうっと唸《うな》り、反射的な反応に、もしやと思った。

「もしかして、風の音を聞くと苦しくなるのですか」

「知って、どうする。弱みを握ったと、嘲笑ってみせるか」

「そんなはずないじゃないですか！」

どうしていちいち捻《ひね》くれた受け取り方しかしないのだろう。

アリーナはただ、純粋に原因が知りたかっただけだ。なぜ、呻くほど苦しんでいるのか。病気や怪我でないのなら、ほかに理由があるのか。原因さえわかれば、対処の方法も見つかるかもしれないと思った。苦しみを、和らげてあげられるかもしれない、と。

「わたし……わたしは、心配しているだけです」

目の前に苦しんでいる人がいたら、相手が誰だって心配になるはずだ。

アリーナは純粋な気持ちで言ったのだが、だからこそ『死神』は苛立ったらしい。

「……出て行け」

ベッドの上で、低い声を荒らげる。

「今すぐに出て行け！　打算の労りなど欲しくはない。二度と、勝手に部屋を出るな！」

恐ろしい剣幕に、びくっと体がこわばった。

この状態の彼を置き去りにしてもいいものか、迷いはまだあった。それでも「早く行け！」と追い立てられると、部屋を出ないわけにはいかなかった。

（そうよ。わたしの知ったことではないわ）

もし深刻な状況ならば、手下が駆けつけるだろう。

疎《うと》ましがられている自分が、わざわざ助けを呼んでやる必要はない。そうして『死神』の寝室をあとにしたアリーナは、破れたネグリジェの肩を押さえ石造りの薄暗い廊下を駆け戻った。

なぜだか、泣きたい気持ちだった。

＊

時を遡《さかのぼ》ること一週間――。

霊峰エトナの懐《ふところ》に抱かれたタオルミーナの街は、曇天のもとにあった。

「なぜ銃口を向けられているのか、わからないとでも言いたげだな」

ファルコ・ジェンティノは愛用のベレッタ……自動式拳銃を正面にかまえる。

銃口の先には、恐怖に震える女。流行のワンピースに大粒の宝石と着飾ってはいるが、胸の谷間を強調した姿には品性が欠如している。頭髪にもよく見れば白いものが混じり、かつて妖艶だった目もとには小じわが目立っていた。

「ひ、人ちがいじゃないのかいっ。あたしは『死神』の恨みをかった覚えはないよ！」

蒼いイオニア海を見下ろす高台に、人の姿はない。『カルマ』の手下たちが周辺の道を封鎖しているうえ、もともとこの時間帯は人通りが少ないのだ。

「ここには俺でなく、ロドヴィーゴ・ルチアーノが現れるはずだと？」

「……どうしてそれを、あんたが知ってるんだい」

「俺が奴の名を騙《かた》って、おまえをおびき出したからだ」

女の顔に、挑発的に顔を近づける。冷や汗の滲む額に銃口をゆっくりとあてがう。

「その濁った目を凝《こ》らしてよく見るがいい。俺の顔に、覚えがあるだろう」

ファルコを見つめる瞳は怯え、冷静に記憶をたぐるのはむずかしいようだった。

「おまえはかつて、ルチアーノ財閥の屋敷でメイドをしていたはずだ」

「だ、だからなんだってんだい。若い頃、二、三年ばかりの話だよ。今は関係ない。あの家のことであたしを強請《ゆす》ろうったって無駄さ」

「ふうん。ロドヴィーゴの誘いに応じてのこのこ現れておきながら、白々しい返答だな。おまえは今も、ロドヴィーゴと愛人関係にあるのだろう」

本人たちは隠しているつもりだろうが、下積み時代から地道に人脈作りをしてきたファルコは知っている。狡猾《こうかつ》なロドヴィーゴが、閨《ねや》で役立つこの女をひそかに囲い続け、目障りな相手を葬《ほうむ》るのに利用していることを。

「ロドヴィーゴと最初に関係を持ったのは、メイド時代だ。おまえはすぐに熱を上げたが、ロドヴィーゴには他にも大勢女がいた。だから気を引くために、望まれればその手を汚しもした。あの日、母を崖上まで誘い出したのはおまえだな。そして嘘の証言をして無実の次男を殺人犯に仕立て上げ、牢獄送りにした――」

そこまで囁いたところで、老けた女は瞠目した。

ファルコの顔に視線を釘付けにしたまま、みるみる顔色を失っていく。

「……まさか、アンジェロ・ルチアーノ……、いや、でも、あんたは獄死したはずだよ！ロドヴィーゴが、看守からそう報告を受けたって……」

「なるほど。看守たちの保身をロドヴィーゴは信用したってわけか。詰めの甘い男だ」

引き金にかけた指に力を込めてみせると、女は情けなく腰を引いてあとずさった。

「や、やめとくれっ。金なら払うよ！　いくらか、蓄《たくわ》えがあるんだっ」

「金？　ロドヴィーゴから流れた薄汚い金を、この俺が喜んで受け取ると思うのか」

「ひっ……、い、命だけは……！」

木の根にかかとを取られ、見事に尻餅をつく姿は滑稽《こっけい》でしかない。

「命だけは、か。母は、そうして命乞いをする暇も与えられずにこの世を去った」

どれだけ無念だったたか。

義理の息子に汚され、孕ませられながらも懸命に生きようとしていたのに、無惨にも崖下へ葬られた母の絶望を思うと、全身に怒りが燃えたぎる。

「――地獄へ堕ちろ」

冷酷な瞳で女を見下ろすと、ファルコはついに引き金を引いた。

乾いた発砲音が辺りに響き、鳥たちがいっせいに飛び立つ。一発では到底恨みは消えず、二発、三発と弾を打ち込んだ。女はもう、動きもしなければ言葉ひとつ発しなかった。

やっと、ひとり。

憎い人間をこの世から消し去ることができた。復讐の一歩を、踏み出した。

これですこしは、気も晴れたと思った。だが屋敷へ戻ってから数日、嵐の夜に見る悪夢は変わらなかった。

「ク……っ」

木々のしなるびゅうびゅうという音に、思い出すのは冷たい石の牢獄だ。

毎夜、執拗なまでに振り下ろされた鞭の焼けつくような痛み。眠るどころか、気絶しても冷水を浴びせられ意識を引き戻され、また気を失うまで打たれた。むごたらしい傷跡となって背中に染み付いた苦痛が、風を切る音に煽られて一気に脳を支配する。

「……ッう、ぐ……っ」

シチリアの霊峰エトナ火山の下にはギリシア神話の怪物テュフォンが閉じ込められ、つねにもがいているというが、自分も同じようなものだとファルコは思う。

人々を恐れおののかせる性質を持っていながら、一方であがいている。心だけは今も暗い場所に閉じ込められたまま、解放されぬまま——。

そうしてのたうちまわっていると、

「……大丈夫ですか……?」

ベッド脇に立ったのは心配そうな表情のアリーナだった。

さらりとこちらへ垂れ下がった金の髪に、思わず手を伸ばしそうになって振り払う。

「きゃ」

「触るな……っ」

清らかそうなこの姿は、まやかしだ。救いなど求めるな。

彼女はもう、慈悲を与えてくれる聖女ではない。いや、そんなもの、最初からこの世には存在しなかったのだ。

（求めるものほど、この手を簡単にすり抜けていくのは、なぜなんだ）

母も、父も、父の誇りを継ぐ立場も、唯一の親友も、あっけなく消えていった。収監されたばかりの頃は、無実を信じ寄り添ってくれる父が支えだった。獄中でその父の死を知り、義兄にルチアーノ財閥を奪われたときには、親友のフェデリコがいた。だがそのフェデリコも亡くなり、ファルコの心の拠り所は、母と同じ瞳を持つピエタの少女アリーナだけになった。

もしも彼女が清らかな心根のままならば、きっと縋っていただろう。

おまえだけは俺に赦しを与えてくれるのだろう。こんな俺でも、おまえだけは救ってくれるのだろう――と。

「今すぐに出て行け！　打算の労りなど欲しくはない。二度と、勝手に部屋を出るな！」

アリーナを追い払ったあと、ふたたびファルコは苦痛に喘《あえ》ぎシーツに爪を立てた。

「……っ……う」

なぜだ。なぜ、復讐をひとつ遂げても、この苦痛は和《やわ》らがない！

殺しなら初めてじゃない。マフィア組織に属してから、見ず知らずの人間も、丸腰の人間にも、首領の命令という大義名分を掲げ無感情で引き金を引いてきた。

だが今、己の怨恨《えんこん》を晴らすためだけに放たれた銃弾は、鉛のように重く、禍々しいものをファルコの胸に残したのだった。

＊

嵐の晩から一夜が明けて、アリーナのもとには朝食であるパンとスープが届けられた。

「姉さま、今日はどんなご本を読む？　やはり、最初は新聞かしら」

向かいの席に座り、スープをいただきながらリラにそう話しかける。

できるだけ、姉の意識を薬から逸らしておきたかった。昨夜、アリーナは『死神』を怒らせてしまった。なぜ彼が怒り出したのか、アリーナにはまたもわからなかったが、ほとぼりも冷めぬうちに会いに行っても取り合ってもらえないことだけは予想できた。

「……」

すると、テーブルの向こうの姉は黙ったままうつむいている。食事に手をつけようともせず、なんだか思い詰めているふうだ。

「姉さま、具合でも悪いの？　大丈夫？」

手を伸ばして額に触れようとすると、車椅子を後退されて拒まれ、固まる。

「どうしたの……？」

「アリーナ、あなた、私に嘘をついているわね？」

うつむいたまま問われ、思わずたじろいだ。

「な、なんのこと？」

「あなたのお仕事のことよ。このお屋敷のお掃除をまかされていると言っていたけれど、本当はちがうでしょう」

「何を言っているの、姉さま。わたしは、このお屋敷のお掃除係よ。昨夜だって姉さまが眠っている間に、アダが呼びに来て……」

大丈夫だ。落ち着いて説明すれば、今回も姉は信じてくれる。そう思ったのだが、リラは「もう嘘はやめて！」と叫びながら顔を上げた。

泣き出しそうな瞳だった。

「昨夜、あなたが部屋に戻ってきたとき、ネグリジェが破れているのを見たわ。私の薬をもらうために、アリーナはこの屋敷にいるマフィアたちの……慰《なぐさ》み者になっているのね。そうでしょう……？」

「ち、ちが――」

ネグリジェが破れていたのは『死神』に振り払われたからであって、昨夜は何もなかった。マフィアたちの慰み者になんて、なっていない。そう反論したかったが、アリーナは『死神』に処女を奪われている。充分、慰み者になっている。そう思ったら、とっさに言葉に迷ってしまった。

「最初からおかしいとは思っていたのよ。この部屋から一歩も外へ出してもらえないし、あなたはこそこそと私に聞こえないようにアダと話をしているし」

そこまで的確に突かれると、言い訳の言葉もすぐには出てこない。

「私、以前も言ったはずよ。アリーナを犠牲にしてまで生きていたくないって。そもそも私は、アリーナの手助けなしでは暮らせない。でもアリーナは、私がこの世にいないほうが気ままに、思いどおりの暮らしができるでしょう」

「そんなことないわ！」

姉がそんなふうに考えているとは思いもしなかった。

「姉さまがいなきゃだめなのは、わたしのほうよ……！」

あたりまえに頼ってくれていい。姉の力になるのがアリーナのしあわせだ。そうして一緒に笑い合えたらうれしいと、姉も同じように感じていたのではないのか。

「それこそがあなたの悲劇よ、アリーナ。あなたはわたしの介護をするためだけに、この世に生まれたと言い聞かせられ続けて育ったわ。だからそれが喜びだと思い込んでいる。でも、あなたにはあなただけのしあわせがあって然《しか》るべきなのよ。ひとりになれば、ただ虐げられていただけだったと気づくはずだわ」

まずいと思ったときには、リラの手がバターナイフを掴んでいた。その先を喉もとにあてがい「死なせて」と言う。

「ひと思いに、冥府へ行かせて……っ」

ぶるぶると震えた手が、バターナイフを白い喉に押し当てる。尖った先がくっと肌に食い込むのを見て、アリーナは慌ててその手を止めようとした。

「やめて、姉さまっ」

「わたしに触らないで！」

だが、リラの涙声に制止された。

「私を止めないで。今、止めれば、あなたがいない間に首を吊るわっ」

どうしよう。どうすれば、姉を止められる？

考えようとしても、焦って頭がまわらない。焦るほどに、耳の奥でキーンと高い耳鳴りがする。

姉にもし置いて行かれたら——この世にひとりぼっちになってしまったら、どうやって生きていけばいいのか。自分だけのしあわせ？　そんなもの、あるはずがない。

そこへ、室内が騒々しいことに気づいたのか、アダが扉を開けた。

「どうなさいましたか、アリーナさま、リラさま」

「あ、アダ、姉が……っ、きゃ」

背後からの衝撃を受け、アリーナが悲鳴を上げたときにはリラはすでに廊下に出ていた。アダとアリーナ、二人がかりで押さえつけられては敵わないと思ったのだろう。車椅子を漕《こ》いで、勢いよく行ってしまう。

「姉さま、待って！」

絶対に、目の届かないところへ行かせるわけにはいかなかった。今の姉は、何をするかわからない。一瞬の隙をついて死なれてしまったら……想像すると全身の血が凍る。

すぐにでも追いついて車椅子を止めたいのに、リラの逃げるスピードは速かった。あの細い体のどこにこんな力が眠っていたのだろうと驚くほどだ。さらに突き当たりの窓まで行き着くと、リラはそこによじ登って自ら窓枠を越えようとした。

「さよなら、アリーナ。どうか自由になって」

「だめっ、姉さま……!!」

わたしをひとりにしないで。

ばらばらと写真が散らばるように、しあわせだった日々の記憶が脳裏をよぎる。

どちらかの誕生日会のたびに、ふたりでお揃いの髪型にしたこと。ひとつのベッドにもぐり込み、こっそり朝まで話したこと。両親と訪れた野原で見つけた、野アザミの花。その花を、冠にしてくれたこと……。

——姉さまに置いていかれたら、わたし、ひとりでなんて生きていけない！

後追いすら覚悟した瞬間だった。

脇の階段から伸びた筋肉質な腕が、リラの腰を抱いた。軽々と担ぎ上げられたリラは、冷たい石の床に投げ戻されて「うっ」と唸る。

「姉さま！　大丈夫、姉さまっ!?」

アリーナが駆け寄ると、斜め上から憎々しげな舌打ちが降ってきた。

「騒がしいから来てみれば、自ら飛び降りて死のうだと？」

立っていたのは黒づくめの男だ。

信じがたいことに、リラをこの世に引き留めたのは『死神』だった。

「この俺の屋敷でそんな馬鹿げた真似は許さない。本当の苦痛がどんなものかも知らないくせに、命を手放せば楽になれるとでも思ったか」

冷淡な口ぶりだが、自死なんてもってのほかだとたしなめられているのは確かだ。

(『死神』が、姉さまを助けてくれた……？)

意外すぎて、信じられなかった。初対面で『死神』はニッコロに酷い言葉を浴びせていた。死にたいなら死ねとでも言われたほうが、彼の言葉としては説得力がある。それなのに、助けてくれるなんて。

「言っておくがおまえが消えたところで、おまえの妹は自由にはならない」

「……っ」

リラは絶望的な表情で黒づくめの男を見上げる。

言わないで、とアリーナは心のうちで祈った。どうか告げないで。マフィアの愛人になったなんて、姉に伝えないで。

「アリーナをここに連れてきたのは、一生、面倒を見るつもりがあったからだ。どうしようもない女でも、見るたび苛立つとしても、俺はアリーナを手放しはしない」

予想外の言葉に、アリーナは息を呑んだ。

面倒を見る？　一生？　性欲のはけ口にするために拐ってきたのではないの？　手放さないって……もしかして、姉を落ち着かせるために嘘をついてくれているの？

でも、どうして——。

(彼は、何を考えているの)

困惑するアリーナにふいと背を向け『死神』は去ろうとする。だが、すぐに思いついたように「明日、パレルモ市街へ行く。おまえもついてこい」と言った。

「わたしが……ですか？」

「俺のパートナーとしてパーティーに出席しろ。育ちのいいおまえなら、マナーも身のこなしもひと通り心得ているだろう。これもおまえの役割のひとつだ。いいな」

そして返答も待たず、階下へと行ってしまった。

我が身に何が起こっているのか、これから起ころうとしているのか、そのときのアリーナにはすこしも理解できなかった。

3　愛人はテアトロに祈る

「姉さま、ごめんなさい。わたし……」

部屋へ戻ってから詫びたものの、リラからの返答はなかった。無表情のままベッドに入り布団を被られてしまうと、アリーナにはもうそれ以上、何も言うことができなかった。

――これ以上、真実を隠し続けるのは無理だわ。

姉はアリーナがこの屋敷で掃除婦などしていないと、すでに勘付いている。

だからといってマフィアの首領の愛人になったなどと正直に打ち明けては、ますます姉を追い詰めてしまうのではないか……いや、大勢のマフィオーソたちの慰み者になっているると思われているよりはましなのか。

判断がつかない。

そうしてアリーナが迷って、なかなか寝つけずにいるうちにリラは発熱した。

日付が変わる頃にはぜいぜいと苦しそうな呼吸で咳まで止まらなくなり、急ぎ、アダに頼み医師を呼んだが、体調は悪化するばかりだった。

（こんな状態の姉を置いて、パレルモ市街になんて行けるはずがないわ）

『死神』に姉の体調を伝えて断ろうとアリーナは考えたのだが、翌朝になると仕立て屋がすみれ色のドレスと靴を置いていき、理髪師がやってきて髪を結い上げられ化粧を施され、ビーズのハンドバッグひとつを手に、あっという間に屋敷から放り出された。

門の前に停められていたのは、いつもの『死神』らしい黒塗りの車ではない。もっと古風で、背高のクラシックカーだ。

車体にもたれて待っていた『死神』はタキシードに身を包み、普段とはうってかわった白いシャツがやけに爽やかに見える。

つややかな黒髪は紳士さながらに撫でつけられているし、悔しいけれど、見惚れるほど魅力的だ。

「中身が腐っても、見た目だけは立派な淑女だな」

しかし、そう鼻で笑われてアリーナはむっとした。

（わたしは姉さまについていきたいのに。勝手に着飾らせたのはそっちなのに、馬鹿にするなんてひどすぎるわ！）

せめてもの抵抗と無言で車に乗り込むと、『死神』はアリーナの隣にどっかりと腰を下ろし、ステッキ片手に長い足を組んだ。

「今日のおまえの名は『キアラ』だ。いい名だと褒められたら、母からもらった名だと言え。その母はおまえを産んだあとに死去、父親については調査中。年齢はおまえ自身と同じく十八、没落貴族の養子として育ったことにしろ。出せ、バジリオ」

「はい、ファルコさま」

バジリオと呼ばれた男はアクセルを踏み込む。動き出した車の中、アリーナは焦る。

「ちょ、ちょっと待ってください。どういうことですか」

「覚えられなかったのか。記憶力はいいはずだとナターレから聞いていたのだが、過大評価だったか」

「……っ、名前はキアラ、亡くなった母からもらった名前です。父は不明、歳は十八、名乗るほどでもない末端の貴族に育てられました。……これで満足ですか⁉」

「ああ。馬鹿ではないな。ヤク中の淫乱女にしては上等だ」

どうして、いちいち突っかかる言い方しかしないのか。ヤク中という言葉の意味はわからないが、淫乱だなんて、あれだけ淫らな行為を強要した口でよく言える。

あなたなんて大っ嫌い――と頬を叩いてやりたかったが、また激昂されて道端に捨てられたら困る。なにしろ姉はこの男の屋敷にいて、アリーナは人質を取られているようなものなのだ。とっとと役割を終えて、はやく屋敷に戻らなければ。

(いつか隙を見て、姉さまとふたりで逃げ出してやるんだから)

ふいっと窓の外に視線を向けると、車は海沿いの道を島の輪郭に沿って進んでいた。

陸側の切り立った山々を眺めていると「その後、落ち着いたか」と左から言われる。

「落ち着いた、って」

「おまえの姉だ。死ぬ気は、すこしは失せたか」

——もしかして、心配してくれている？

振り返ると『死神』も反対の窓のほうを見ていて、表情まではわからなかったが。

「……そうだと、いいのですけど」

「その後、話していないのか」

「姉は寝込んでいます。そうでなくても、失望して心を閉ざしていますし」

「失望？」

「ええ、そうです。わかっています。こうなったのは、わたしが最初に姉に真実を告げなかったせいなのだって。でも、マフィアの首領の愛人になったなんて、どうして打ち明けられますか。姉はきっと自分を責めます。自分の体が弱いせいだって……そんなふうには、思ってほしくないのに。わたしは姉がそばにいてくれるなら、ほかに何も望まないのに」

「そう言ってやったらいいだけの話ではないのか」

「もう伝えました。……だけど、通じないんです。姉にとって、体の弱さはたぶん、なに

より の引け目なのだと思います」

何をしおらしく打ち明けているのだろうと、徐々に馬鹿らしくなってくる。憎いはずの男に、心の内を晒け出してなんになるのか。……どうかしている。

それきりアリーナが話すのをやめると『死神』は「そうか」とだけ言って、なにやら考え込んだ。腕組みをして遠くを見る姿は、物思いにふけっているようでも、過去に思いを馳《は》せているようでもある。

凛々しいその横顔を見つめ、そういえば、とアリーナは思い出した。

昨日『死神』は、窓から飛び降りようとするリラを止めてくれたのだった。

「あの……」

「なんだ」

「昨日は、姉を止めてくださって、ありがとうございました」

アリーナは左に向かって深々と頭を下げる。

アダとふたりだけでは、昨日のリラの強行を止めきれなかった。あの瞬間、彼が現れなかったらと思うとぞっとする。

「危うく、この世で一番大切な人を失うところでした。心から感謝しています」

「律儀に礼などいらない。俺は、飛び降りて死ぬ人間を見たくなかっただけだ」

「……ドン・ファルコ」

「ドンはやめろ。ファルコでいい。おまえは俺と『血の掟《オメルタ》』を交わしたわけでも、俺の手下になったわけでもない。それに、今夜おまえは俺の婚約者役だ」

思わず目をしばたたいた。婚約者。今までずっと厄介そうにしていたのに、どうしてそんな重要な役を演じさせるのか。親しげに名前を……呼んでもいいのか。

(どういうつもりなの？　この人の考え、本当にわからない)

すると、がたっと車体が揺れた。

「きゃ！」

「裏道を行きます。この先揺れますので、ご注意ください」

バジリオはそう言ったが、すでに遅かった。アリーナは車の天井に頭をしたたか打って、思わず呻く。と、突如、隣から肩を抱かれて全身がびくっと強張った。

「やっ……」

脳裏を、いやらしい行為がぱっとよぎる。

察したのか「こんなに狭いところで事に及べるか」と億劫《おっくう》そうにため息をつかれた。

「俺に摑まっていろ。そうすれば幾分ましだろう。これから先は、もっと揺れる」

放っておいてと、一昨日までのアリーナなら突っぱねていたにちがいない。

しかしリラを救った『死神』の——ファルコの腕はたくましく、背中に添えられた掌には揺るがぬ頼もしさがあって、不思議と突き放す気にはなれなかった。

思えば、初めてだった。ずっと姉を守り助ける立場にいたアリーナが、自分を庇い支えようとする腕に触れたのは。


ポリテアーマ劇場はパレルモ市内にあって、凱旋門を模したファサードを持つドーム型の美しい建築物だ。裏街道にあるキャバレーで踊っていたアリーナには格が高く、踊り子としても観客としても、この先一生、縁のない場所だと思っていた。

まさか、マフィアの首領に連れられて門をくぐる日がやってくるとは想像もしていなかった。

「行くぞ、キアラ」

車を降りると、ファルコはエスコートの姿勢を示す。男性にリードされながら公の場に出るのは初めてで、腕に摑まって歩くだけで酷く緊張した。

（マナーだけは心得ていても、男性に連れられて公の場に出るのは初めてだわ）

鮮やかなフレスコ画や手の込んだ天井装飾に圧倒されつつ、ボックス席に入る。ほどなくして仮面をつけた俳優が舞台上に現れると、オペラグラスがポンと膝に置かれた。

「いいか、よく覚えておけ」

進行していく舞台には目もくれず、ファルコは声をひそめて言う。

「向かいのボックス席にいる恰幅《かっぷく》のいい男が、シチリア銀行の総裁ノヴェッリだ。隣の白髪が判事のヴィカーリオ」

「名前を覚えればよろしいのですか」

「顔と名前が完全に一致するようにしておけ。このあとパーティーで顔を合わせたとき、世間知らずを露呈《ろてい》しないようにな。できるだろう？」

「はい」

もちろんできる。キャバレーの客の名前だって、一度で必ず覚えていたのだ。

どうやらファルコはこのために劇場へ立ち寄ったらしく、その後も舞台そっちのけで客席を示しては名前を囁き、アリーナは元来の記憶力の良さを生かして人々の情報を頭に叩き込んでいった。

「最後に、斜め向かいのボックス席にいる垂れ目の男だが」

歌劇が佳境に差し掛かる頃、示されたのは癖《くせ》っぽくカールした金髪の男だった。ファルコより五つ六つ年上だろうが、高価そうな細身のタキシードで若作りし、派手な女性を左右にはべらせたさまは低俗だ。

「誰ですか」

「ロドヴィーゴ・ルチアーノ、ルチアーノ財閥の会長だ」

「ルチアーノ財閥……」

イタリア一の富豪の名だ。が、それ以外にもアリーナにはその名に覚えがあった。

（たしか、七年……いえ、六年ほど前だったわ。ルチアーノ財閥傘下の企業が、ビアンキ商会と同じ港で貿易業を始めたと聞いたのは。会長のロドヴィーゴさまはやり手で有名だから、手ごわいライバルになりそうだって、父さまが話していたのよ）

手ごわいと言いながら父はなんだか張り合いができたようで、楽しそうに見えた。だからアリーナはロドヴィーゴに対し、もっと知的で正々堂々としたイメージを抱いていたのだ。まさか、あんなふうに成金趣味で好色な男だとは思いもしなかった。

考え込んでいるとぎりっと奥歯を軋ませる音がして、見れば、ファルコが顔を憎々しげに歪ませていた。視線の先にいるのは件のロドヴィーゴ・ルチアーノだ。ファルコの肩はかすかに震え、今にも拳銃を取り出して撃ち放しそうな危うさがある。

（ファルコ……？）

どうしたのか尋ねられる雰囲気ではなかった。ファルコの目に宿るのは、明確な怒りと――殺意だ。もともと誰を見る目も鋭い人だが、比べ物にならない。ここまで憎悪を剝き出しにした彼を見るのは、初めてだ。

それでアリーナは、舞台の幕が下りるまではらはらして生きた心地がしなかった。

どうにか終劇を迎えると、バジリオの運転する車でパーティー会場へと移動する。

「やあ、ボルセリーノ伯爵！　今日はずいぶんと美しい女性を連れているな」

最初に声をかけてきたのは、シチリア銀行のノヴェッリ総裁だ。風船のような体をゆさゆさ揺らし、ファルコの背中を上機嫌で叩いている。大物の登場に緊張するより先に、アリーナは聞き覚えのない呼び名にぎょっとしていた。

（ボルセリーノ伯爵？　伯爵って？　もしかしてファルコのこと？　今夜は彼も偽名なの？　聞いていないい！）

だがファルコは動揺するアリーナに目もくれず、

「ご無沙汰しています、総裁。キアラ、こちらがシチリア銀行の――」

などと言いだす。人あたりの良さそうな笑みが癪《しゃく》だったが、意地でも顔に出すものかとアリーナは口角を上げて膝を折った。

「ノヴェッリ総裁ですね。キアラと申します」

「おお、その美貌に似合ういい名前だ。どこのご令嬢だね？」

「それが、現在調査中なのです」

「調査中、とは」

「ええ、実は彼女は片田舎の男爵家で育てられたものの、とある伯爵の血を引いているらしいのです。亡くなった彼女の母親がそう言い残したようなのですが、結婚前に念のため、調べてみようと思いましてね」

「ほう、そうだったのか……。いや、しかしボルセリーノ伯爵、ついに結婚するのか。それはめでたい！　さっそく祝杯をあげようじゃないか。さあ、飲みたまえ」

話が進むうち、ファルコは表社会ではボルセリーノ姓を名乗り、伯爵の身分を持っているとわかった。一度没落した貴族の名前らしいから、金で買うなり息子を装うなりして手に入れた名前なのだろう。農地を広く有し、作物の管理や輸出を行っているとのこと。

（憎まれ口を叩くまえに、どうしてそういう話を打ち明けておいてくれないの）

ひと言伝えておきたかったが、周囲にはひっきりなしに人がやってきて、ふたりで話している余裕はなかった。

ほかの招待客への、ファルコの振る舞いは完璧だ。皆、目の前の男がシチリア一凶悪なマフィア『カルマ』の首領とは気づかない。

自信に満ちた横顔を見上げていると、アリーナは徐々に落ち着かない気分になった。

（この穏やかな表情は、まるきり作ったものなの？）

それとも、ドンを名乗っているときの残虐な顔のほうが、作ったものなのだろうか。

あるいはどちらも偽物で、ほかにもっと、彼らしい顔が存在するのだろうか。

「――ボナセーラ」

するとファルコは、ひとりの年配男性に声をかけた。白い髭に曲がった背中……判事のヴィカーリオだ。『死神』のほうから呼び止めたのは彼が初めてで、すこしだけ違和感を覚えた。

「初めまして、ヴィカーリオ判事ですね。ファルコ・ボルセリーノと申します」

「ああ、あなたが噂の伯爵ですか……。今しがた、ノヴェッリ総裁から聞きましたよ。私に相談事があるとか。裁判でもなさるのですか？」

「ええ、まあ。ヴィカーリオ判事は高潔な法の番人としてご高名ですから、ぜひ相談に乗っていただきたく思いまして。少々、ふたりで話をさせていただいてもかまいませんか」

「もちろんです、伯爵」

ファルコが判事とともにバルコニーへ行ってしまったので、アリーナは壁際にひとり立ち、カクテルグラスを傾けた。

行き交う人々はきらびやかなシャンデリアのもと、誇らしげに流行のドレスや靴、大粒のジュエリーを身につけてあちらこちらで歓談している。

（こんなに華やかな場所、何年ぶりかしら）

父が経営していたビアンキ商会の資金繰りがみるみる悪化して――。

ラフォレーゼ家の生活は徐々に質素になり、アリーナが十三、四になる頃にはもう新しい服が欲しいとは言えない状況だった。姉の車椅子を押すために窮屈な靴で動き回っては、いつもつま先にまめを作っていた。

そんなことになるまでは、姉の誕生日になると姉妹で着飾り、街の人や恵まれない子供たちを屋敷の庭に招待しては盛大なパーティーを催していた。クリスマスや復活祭もただが、そのパーティーが催せなくなり、家族四人だけのささやかな食事会だけになっても、姉が笑ってくれさえすればアリーナはしあわせだった。

「……懐かしいな」

どうしたら姉は、あの頃のように笑ってくれるのだろう。どうしたら引け目なんて感じずに、あたりまえにアリーナの手を借りようと思ってくれるのだろう。

（いっそ、罵倒してくれたらいいのに。掃除係と嘘をついたことも、危ないと言われていたのにマフィアに近づいたことも）

昨夜のような、謝罪さえ受け入れてもらえない状況がこの先も続いていくかと思うと、苦しくて涙が滲む。できることなら、過去に戻りたい。父と母がいて、姉と一緒に他愛もない出来事で笑えたあの頃に戻りたい。

すると「何が懐かしいのですか」と真横から声をかけられてどきっとした。

「あ、いえっ。なんでもないです！」

顔を上げ、アリーナは反射的に硬直する。

壁に手をかけて立っていたのが、くせのある金の髪に細身のタキシードの男……ロドヴィーゴ・ルチアーノだったからだ。

「ルチアーノ、会長……」

どくどくと脈がはやる。彼もパーティーの出席者だったのか。まさか、ひとりでいるときに声をかけられるなんて思ってもみなかった。

「おや。僕をご存じですか。あなたのような美しい人に名前を覚えていただけるとは、うれしいかぎりです」

ロドヴィーゴはわざとらしく言って、アリーナに新しいカクテルを差し出す。下心のありそうな流し目が気色悪く、アリーナは思わず視線を逸らした。

(何を話したらいいの……。いいえ、このままこの人の側にいてはいけないわ)

ファルコはロドヴィーゴに敵意を持っているようだった。もしここにファルコが戻ってきて、ロドヴィーゴと鉢合わせたらと考えると冷や汗が滲む。もしかしたら、ファルコはこの男に殴りかかるかもしれない。拳銃を突きつけて、脅しにかかるかもしれない。

「あの、すみませんが、わたしはこれで失礼します」

まともな言い訳も思いつかないまま後退しようとすると、腕を伸ばして阻まれる。

「レディ、お名前は？　なんとおっしゃるのですか」

答えていいものだろうか。いや、問いかけを無視して逃げ去るような真似は、上流社会の社交の場としてはあまりにも失礼だろう。

「キ……キアラと申します」

仕方なく名乗ると、かすかにロドヴィーゴは片眉を上げた。思うところのありそうな、だが、それも気に留めるほどのことではないと考えているような。

「キアラ嬢は、どちらにお住まいなのですか？　シチリア島内？」

「……片田舎ですから、会長のお耳に入れるほどではありませんわ」

「控えめでいらっしゃるのですね。僕はナポリで生活しているのですが、シチリアには何度か仕事で訪れていましてね。にもかかわらず、あなたのような佳人《かじん》に気づかなかったとは、もったいないことをしました」

「佳人だなんて、お上手ですのね」

愛想笑いを返しながら、アリーナはさりげなく壁沿いに後退する。去らなければ。そろそろ、ファルコも戻ってくるはずだ。急ぎ退散しようとしたのだが、その瞬間、背中からどんっと人にぶつかってしまった。

「あ、も、申し訳ありませんっ」

カランと杖が転がり、相手が老女だったと知って、焦った。転倒させなくてよかった。倒れ込めば、大怪我をさせかねないところだった。

「大丈夫ですか？」

「いいえ、こちらこそすみません」

女性もすまなそうに頭を下げたが、目の前に立つロドヴィーゴは心配するどころか、はあっとあからさまなため息をついてみせる。

「……自力でまっすぐ歩けないくせに、パーティーとは。いい迷惑だ」

そうして転がった杖をつま先で蹴飛ばしたから、カッと頭に血がのぼった。

(なんて人なの！)

その他大勢と同じように振る舞えなければ、輪に加わるなというのか。少数派の人間に、己を主張する権利はないというのか。まるで、姉に対してひとりぼっちでいるのが当然だと言われたような気すらして、腸《はらわた》が煮えたぎる。……許せない。

杖を拾いながら、アリーナは横目でロドヴィーゴに侮蔑《ぶべつ》の視線を投げる。相手がルチアーノ財閥の会長だということは、すっかり頭から抜け落ちていた。

老女に寄り添う格好で、ロドヴィーゴにそっけなく背を向ける。そのときだった。

「待って」

突然、肩を掴まれ振り向かされる。

「その目……もっとよく見せてくれないか」

「っ、やめてください！」

「見せてくれ」

強引な手をすぐさま振り払ったが、腰を抱いて引き戻された。じっと瞳を覗き込む仕草は、まるで初めて出会った晩の『死神』のようだ。

(この目が、なんだっていうの)

ファルコといい、ロドヴィーゴといい、なぜまじまじと瞳を見つめてくるのか。

ブラウンとグリーンに分かれた虹彩が、珍しいものだというのはアリーナも心得ている。だが父も母も姉も使用人も、キャバレーの客たちだってこれほど驚きはしなかった。

「キアラと言ったね。本名かい。まさか、お母さまからもらった名ではないだろうね？」

「そう、ですけれど」

鼻をつくムスクの香りに、吐き気を覚える。もう、一分一秒だってこの男の側にいたくないのに、腰に巻きついた腕がほどけない。

「お父さまは？　お母さまはご存命かい？」

「……母は亡くなっていて父はどんな人か存じません。今、調査中なんです……っ」

するとロドヴィーゴの顔色がさっと変わる。亡霊でも見たかのように、青ざめる。

（本当に、なんなの。どうして放してくれないの！）

騒ぎを起こすわけにはいかないとわかっていても、アリーナは叫び出しそうだった。

きつすぎる香水も、人に優劣をつけるような目つきも、女性を意識した細身のスーツも受け付けない。ファルコと鉢合わせたら、というのを抜きにしても側にいたくない――。

そのとき「失礼」と聞き覚えのある声がして、横暴な腕が剝がされる。

「私の婚約者に何かご用でも？」

ロドヴィーゴの手首を摑み、墨のような瞳でこちらを見下ろしているのはファルコだった。憎いはずの男なのに、その顔を見て心の底からホッとする。

「彼女に話がおありなら、未来の夫である私が承《うけたまわ》りましょう」

「あ、ああ、申し訳ない。貴殿のご婚約者でしたか。ええと、あなたは……」

「ファルコ・ボルセリーノと申します。初めまして、ルチアーノ会長」

「ボルセリーノ……ああ、あなたが敏腕《びんわん》と噂の伯爵ですね。ノヴェッリ総裁がいたく感心しておられましたよ。祖父の代で没落した家を、一代で盛り上げられたとか。シチリアのような田舎にも有能な人材というのは存在するものなのですね。意外です」

ファルコの手を振り払うロドヴィーゴは、褒めているようで、明らかにファルコを田舎者と貶《おとし》めていた。対するファルコも笑顔ながら目は笑っておらず、一触即発の雰囲気にアリーナははっと我に返る。

（いけない。会わせるつもりはなかったのに……っ）

ファルコの怒りに火がついたら、アリーナには止めようがない。遠くから見ているときでさえ燃え上がるような憎悪を滲ませていたのだから、目の前にいてその怒りを鎮《しず》められるとは思えなかった。

「あ、あの」

慌ててファルコの袖を引こうとすると、心配するなとばかりに腰を抱かれた。たくましい腕の的確な力強さに、思わずどきっとする。

「あ……」

「申し訳ありませんが、彼女の気分が優れないようなので下がらせていただきます」

冷静に言って踵を返す態度が頼もしく、アリーナの心はたまらず揺らぐ。ロドヴィーゴに腰を抱かれたときは、吐き気を覚えるほど嫌だったのに。ファルコこそ冷酷で直情的で凶暴な男なのに、憎いのに、嫌いなはずなのに。

――どうして、安心感を覚えてしまうの。

そうして立ち去ろうとしたが「伯爵」とロドヴィーゴの声が追ってくる。

「ずいぶんとお若いご令嬢を射止められたのですね。羨《うらや》ましいかぎりです。無礼は承知ですが、彼女の年齢をお聞きしても？」

「十八です。驚くほど若くはないでしょう。……では、失礼します」

腰を抱く太い腕が不自然に力み、震えていた。だがファルコは怒りをあらわにすることなく、アリーナを廊下へと連れ出した。

驚くほど冷静な行動だった。

建物の外に出ようとするとファルコの唇に血が滲んでいるのを見つけ、慌ててアリーナはハンドバッグを探る。

「待ってください」

唇を強く噛み締めすぎたのだろう。それだけ強い激情を呑み込んだということだ。

ロドヴィーゴが老女の杖を蹴飛ばしたとき、とっさに言い返してしまった自分がすこし恥ずかしくなる。

「痛みますか……？」

唇にハンカチをあてがうとファルコは一瞬驚いた顔をしたが、すぐさまアリーナの手を振り払い「かまうな」とそっぽを向いた。だが腰を抱く腕が緩む気配はなく、頼もしい力はアリーナをしっかりと車まで導いてくれたのだった。

バジリオの運転でやってきたのは、パーティー会場からほど近いホテルだ。

「先に休んでいろ」

そう言い残してファルコが出かけて行ったので、アリーナはほっとした。幾度も庇ってくれたあの勇ましい腕にもし抱かれたらと思うと、どうにも落ち着かない気持ちになる。

ひとりでルームサービスのパニーノをもそもそ食べ、猫足の豪奢《ごうしゃ》なバスタブに浸かる。

「姉さまはどうしてるかしら……」

思うのは、姉リラのことだ。

高い天井にはヴェネツィア製のシャンデリア、窓にはステンドグラス、壁には金細工が施された最上級のスイートルームにいるというのに、何ひとつ目に入らない。

咳は収まっただろうか。体調はよくなっただろうか。心配でたまらない。

（お医者さまがついていてくださるもの、大丈夫よね……？）

湯に顎まで浸かって考え込んでいると、バタン！　と激しい音が部屋の入り口で響いた。

ファルコが戻ってきたのだろう。先に休めなんて言っていたから、てっきり夜中まで帰ってこないと思っていたのにやけに早い。

慌ててバスローブを羽織り、恐る恐るそちらを覗いてみると、運転手のバジリオがファルコの肩を担いで部屋に入ってくるところだった。

「ど、どうしたんですか!?」

慌てて駆け寄ると「アリーナさま」とバジリオは気まずそうに言う。

「実は、予想外の抵抗を受けまして……」

「余計なことは言うな、バジリオ。もういい。車へ戻れ」

「ですが、ファルコさま」

「いいから行け！」

バジリオを部屋から締め出したファルコはソファにどっと腰を下ろし、面倒そうにタキシードを脱ぎ捨てる。と、真っ白なはずのシャツの左肩がべっとりと鮮血に染まっているのが見えて、アリーナは青ざめた。

「酷い出血……っ。お医者さまをお呼びしないと……！」

「必要ない。弾がかすめただけだ。おおごとにするほどの怪我じゃない」

とてもそんなふうには見えない。

彼がシャツを脱ごうとしたから、アリーナはすぐさま手伝った。たとえ憎い相手でも、こんな状態で放っておけなかった。ボタンを外し、腕を抜いてやり、洗面所で濡らしてきたハンカチで血の跡を拭う。彼の言葉どおり傷はさほど深くはなく、出血もすでに止まっていた。

これならアリーナにも手当てできそうだ。

「何があったんですか」

フロントから救急箱を借りてくると、ガーゼを傷口にあて、筋肉質な肩に包帯を巻く。

「こんな夜更けに狩りでもなさったのですか。それとも、酒場で喧嘩をなさったのですか」

ファルコは自力で手当てするのは不可能と悟ったのか、大人しく座っている。だがアリーナの問いには、頑として返答しようとしない。

仕方ない、と諦めてアリーナは血で染まったシャツを拾い上げ、バスルームへ向かおうとした。

「シャツ、洗っておきますね」

すると背を向けたところで、左手首を摑まれる。

「捨てておけ」

「捨てて……って、シャツをですか？　でも、洗えばまた使えるようになりますよ。血の染みは落としきれないかもしれませんけど、汚れていない部分を別のものに再利用したりできますし」

「そんなものにかまわず、ここにいろと言っている」

摑まれた手にきゅっと力を込められて、アリーナは気づく。

ファルコの手が、弱々しく震えていることに。

ロドヴィーゴを前にしたときの、力んだ震え方とはちがう。まるで酷く寒い場所からやってきたかのように、ファルコは全身をかたかたと震わせていた。

「ファルコ？」

もしかして怯えている？　いや、彼ほど肝の据わった男が怯えるはずがない。だが、そうとしか思えないほど今のファルコは脆そうで、いつもの彼らしくなかった。

(何があったの……？)

立ち尽くしていると、摑んだ手をぐっと引かれる。

「おまえは俺の愛人だろう」

そう言われたときには、ソファの上に組み伏せられて黒い瞳を見上げていた。

愛人——アリーナを虐げる、この世でもっとも理不尽な言葉。

だが今は、どこへも行くなと懇願されているような気がした。

「ん……っ」

抵抗をためらった隙に、唇が重なる。バスローブをはだけられ、白い乳房をさらされる。

このままでは、また犯される。胎内をふたたび汚される。体を脚の付け根から引き裂かれるような痛みを思い出すと、怖いとは思う。

だが、以前のような嫌悪感はなかった。

もしも——。

触れているのがロドヴィーゴなら、無我夢中で振り払ったはずだ。外見や匂いも厭《いと》わしかったが、アリーナはロドヴィーゴの、生まれ持った環境に慢心し、少数派の人間を排除するような物言いをなによりおぞましく感じた。

(だけど、ファルコは)

横暴でも理不尽でも、ファルコはリラを疎ましがる発言など一度もしなかった。

それどころか、命を救ってくれた。憐れみも見下しもせず、本当の苦しみを知らないとさえ言い放った。裏を返せばファルコはリラに、不幸ではないはずだと諭《さと》したのだ。

こんな人には、今まで出会ったことがない。

「ふ、ぁ」

いけない。抵抗しなければと、思いついたときには遅かった。バスローブの前をはだけさせられ、湯上がりで上気した双丘をあらわにされる。

　ふるんと揺れた両胸は、アリーナから見ても極めて誘惑的だった。

「あ……の、怪我、は」

「これくらい、怪我のうちに入らない」

　右胸の頂に吸い寄せられるように唇が落ちると、甘い声が漏れてしまう。

「あ、んんっ……」

　後ろ手に座面にしがみつき、体を上にずらしても、桃色の突起を吸う唇は離れない。

　とろとろと絡む舌があまりにもなめらかで、腰から下が徐々に熱を持っていく。まるで、たっぷりとバスタブに溜めた湯の中でたゆたっているような和らぎと高揚……。

　いや、流されてはいけない。己を律しようとしたが、パーティー会場で腰を抱かれた瞬間の動揺が蘇ってきて、ままならなかった。

「……啼《な》け、アリーナ」

　ふたつの頂がぴんと尖ると、赤い舌は脚の付け根へと下りていく。

　恥ずかしいと感じたのは一瞬だ。割れ目に舌を差し込まれると熱い愉悦《ゆえつ》がほとばしり、アリーナは両手を伸ばしてファルコの黒髪をくしゃくしゃに撫でていた。

「やんっ……あ……やあっ」

「ここはおまえの一番感じる部分だ。もっと激しく弄ってやる。思う存分、喘げ——

割れ目の中心の粒を舌で転がされ、唇でしごかれて、ひくひくと全身が跳ねるのか心地いい。そこがぷっくりと膨れれば今度はめちゃくちゃにしゃぶられ、強い恍惚感《こうこつかん》に唾液が頬を伝った。

「あ、っあ……あぁ……あ」

気持ちいい。きもちいい、しか、もうわからない。

だがどんなに気持ちよくても、溺れるには足りなかった。指先だけ欲しいものに届いているような、急激な焦燥感がアリーナのつま先に宙を掻かせる。

「うう、ん……っ」

たまらなくなって視線を落とすと、ファルコと目が合った。

「喘げと言っている。……ああ、まだ刺激が足りないのか。貪欲《どんよく》な体だ」

まったく、というふうにファルコは脚衣を脱ぎ捨てて覆い被さってくる。蜜を搦め取るように入り口に擦りつけられる張りつめた先端の感触に、期待感が湧き上がる。

「これ、だろう？」

「んっ……」

滾《たぎ》ったそれに内側を満たされるのを想像すると、ゾクっと背すじが粟立ってしまう。

硬く起ち上がったものの先を押し込まれ、快感に震えたのもつかの間だ。屹立は浅いところだけをぬぷぬぷと出入りする。ようやく掴めそうだった快感の奔流を逃して、あまりの切なさにアリーナはかぶりを振る。

「や、いやあっ」

焦れったい。下腹部が苦しくて、呼吸が止まってしまいそう。

「足りないのなら、もっと声を上げろ」

「あ、あっ、イヤ、浅……っ、やめて、ぇ」

「もっとだ。もっと激しく喘げ」

望んでこの腕に飛び込んだわけではなかった。

だが中途半端に出し入れされている下腹部がきゅうきゅうと圧迫感を欲しがり、空虚な奥がもどかしくて泣きたいくらいで、気づけば腰をくねらせてねだってしまっていた。

「ファルコ……ファルコ……ッ」

「は……、男をその気にさせるのはお手のもの、といったふうだな」

嫌だと突っぱねられたらいいのに、唇から漏れるのは啜り泣くように甘える声ばかり。

「ああ……その悲鳴に似た懇願の声、悪くない」

ご褒美のようなキスを与えながら、ファルコはくっと嘲笑うように喉を鳴らした。

口づけたままゆったりと腰を落とされると、膣口が喜ぶようにひくっとわななく。

「んふ……っん……う……んん……！」

みるみる満たされていく内側が、どうしてこんなにも甘美なのだろう。

下腹部を力ませ、いきりたったそれの存在を確かめては震える。

背徳感が消えたわけではなかったが、空白を埋められていく感覚はあまりにも甘やかで逆らえず、すべてを咥え込むと、熱い吐息がほうっと唇からこぼれていった。

（いやらしく乱されているのに……わたし……やっぱり安堵してる……）

ぎしぎしとソファが悲鳴を上げるのに合わせ、アリーナは淫らな声を垂れ流す。

「あ、あっ、んぁああっ……あ、あ……!!」

「啼け、もっと」

垂れ下がる黒髪を揺らし、ファルコは一心不乱に腰を振った。

声が途切れそうになると、グチュリと奥の壁を押し上げてもっと喘げと催促された。思わず浮かせた腰が、がくがくと揺れる。このままでは、おかしくなる。戻って来られなくなる……。でも、欲しい。

怖くなって筋肉質な腕にしがみつけば、突き上げた奥をぐりぐりと撫で回され、目の前に火の粉のような煌めきが舞う。

「ひぁ……っあ、わ、たし、おかしいの……っあ、あぅ」

一瞬の浮遊感に全身を硬くした刹那――。

アリーナは襲い来る快感の渦に儚くも堕ちて悲鳴のように啼いた。

「あっあ、あ……あぁあああっ!!」

「そうだ。俺の耳に残る雑音が、消えるまで……高く啼け……っ」

落ちてくる吐息はやはり、赦しを求めて祈るような切実さでアリーナの耳に響いた。


翌日、屋敷に戻ったアリーナは監禁部屋に駆け込んだ。

姉の容体が心配で、一刻も早く無事を確認したかった。しかし、外鍵で封じられたその部屋に姉の姿はなかった。

「療養するには日当たりのいい部屋のほうが適切ということで、リラさまは医師の部屋へ移動されました。まだ横になっていらっしゃいますが、お話くらいはできると思います。訪ねて行かれますか?」

「ええ、もちろ――」

アダの言葉にうなずきかけて、はたと我に返る。

話……そうだ。詫びても、姉は聞き入れてくれないのだった。それに、まだ起き上がれないほど体調が悪いのなら、その原因となった自分がのこのこと顔を出して、自分の都合で許しなど乞うべきじゃない。

「いえ、やめておくわ。姉が無事なら……いいの」

そしてアリーナは、薄暗く閉鎖された部屋に自ら入った。

届けられた食事をとり、運ばれてきた本を読み、新聞をめくって部屋の外の世界を知る日々がまた始まる。姉といれば簡単に潰せる暇も延々と続いて、表情などほとんど作らぬうちに一日が終わっていく。

そうして数日が過ぎて、ぼんやりと新聞を広げたときだ。

アリーナはぎくりと動きを止めた。一面に、覚えのある名前が躍《おど》っていたからだ。

――『ヴィカーリオ判事、暗殺さる』

(うそ、どうして)

ヴィカーリオ判事といえば、ファルコが唯一パーティーで自分から声をかけた白髭の男性だ。顔見知りが殺害されるなどという事態は初めてで、冷や汗をかきながら記事を読み進める。

すると判事はあのパーティーの晩から行方不明になっており、二日後の朝にパレルモの船着場近くで発見されたとのことだった。持参の拳銃で応戦したようだが、抵抗むなしく撃ち殺されていたというところまで読んで、どくどくと脈が逆流するような錯覚がした。

(あの晩、ファルコは、パーティーのあとに出かけて行ったわ)

そして、怪我をして戻ってきた。それも、銃の弾がかすめたような怪我を。

バジリオはあのときなんと言っていた？　そう、予想外の抵抗を受けた、と。

(まさか、ファルコが判事を殺害した――ううん。そんなはずがない)

ファルコはリラの自害を阻止した。命の大切さをあんなふうに説きながら、簡単に人を殺すはずが……いや、ファルコはマフィアの首領だ。

裏切り者のニッコロに死を宣告し、アリーナの処女を残酷に奪った。親切そうに見える行為はすべて、アリーナを拐わなければする必要もなかったではないか。

（そうよ。ファルコは冷酷な人。人ひとり殺《あや》めていたっておかしくないわ）

そう思うのに、釈然としない気持ちが胸に残る。

特に、パーティー会場で支えてくれた腕の頼もしさを思うと、アリーナは落ち着かなくなる。

今、見えている部分だけが彼のすべてなのか。目の前にある材料だけで彼という人を判断してしまっていいのか……。

新聞を閉じ、重ねた本の一番下に置くと、ベッドに体を投げ出す。目を閉じて手の甲で覆うと、どろどろと渦巻く模様が瞼の裏にいつまでも落ち着かず漂っていた。

4　天使は堕ちゆく

ざざ、ざざ、と打ち寄せる波音がくすぐるようにファルコの鼓膜を震わせる。

母が海に散った日、二度と波音など聞きたくないと思ったが、こうしてティレニア海を望む屋敷に住まわねばならなくなった己の運命を、ファルコは数奇《すうき》に思う。

──アンジェロ。待って、わたしのかわいいアンジェロ。

思い出の中の母は、決まってファルコを追ってくる。

幼い頃から、いや、二十歳を迎えてからも、弱々しい足取りで懸命についてきた。

ファルコが猪突猛進な性格で、ほとんど立ち止まりはしなかったからだ。ファルコが幼い頃は転びやしないかとひやひやしながら、そして青年になってからは、たぶん、母は寂しかったのだろう。何かと、後ろをついてこようとした。もしかしたら、ロドヴィーゴに虐げられていると打ち明けようとしたこともあったかもしれない。弱々しく呼ぶ声に、もっと誠実に応えるべきだったと後悔している。

美人だが線が細く、妊娠するのはむずかしいだろうと医師から宣告されていた母キアラ。それで父からのプロポーズも一度は断ったようなのだが、母に心底惚れていた父には諦めるという選択肢はなく、ロドヴィーゴを養子にしたのち、母にふたたび結婚を申し込んだ。

僕にはもう跡継ぎがいますから、気にせず結婚してください、と。

つまりロドヴィーゴは、父にとっても母にとっても救世主だったはずなのだ。

――おまえは出来がいいな。勉強も運動も、顔立ちも身長も、僕には敵わない。

いつか、ロドヴィーゴにそう言われた。

今思い出せば、あれこそが歯車の狂う予兆だった。血すじという確かなものを持たない立場で、奇跡的に誕生した嫡男からことあるごとに自分を上回る実力を見せつけられれば、義兄だって危機感を強めたにちがいないのだ。このままでは居場所がなくなる、と。

だからといって母を犯し殺し、その罪を義弟に背負わせていい道理はないのだが。

(俺は、この手で決着をつけねばならない)

元を正せば、ロドヴィーゴを追い込んだのはファルコ自身だ。

ファルコがこの世に生まれて来なければ、こんな悲劇は起こらなかった。

湧き起こる感傷を消すようにばさばさと新聞を広げると、机上の電話が鳴る。

『経過は順調のようだな、ファルコ』

先代『カルマ』の首領からだった。

「ありがとうございます。すべて、先代のお力あってこそです」

ヴィカーリオ判事暗殺の一報を新聞で読んだのだろう。

ファルコが首領の座を譲り受けるにあたって、ひとつだけ先代から出された条件がある。

早々にロドヴィーゴ・ルチアーノへの復讐を遂げること——。

『あの疑り深い判事を、よく人目のないところへおびき出せたものだ』

「シチリア銀行の総裁に仲介を頼みました。総裁といえば、清廉潔白な人格者として定評があります。彼の紹介となれば気を許すにちがいないと、まずは総裁の信頼を得て約束を取り付けたのです」

ヴィカーリオ判事といえば、無実のファルコに有罪判決を下した男。さらにファルコの再審も釈放も認められないよう周囲に働きかけ、陰ではロドヴィーゴから多額の賄賂《わいろ》を受け取っていた外道だ。にもかかわらず世間では高潔と評判だったとは、笑わせる。

この手で葬り去る日を、どんなに心待ちにしてきたことか。

よもやあちらから撃ってくる度胸があるとは思いもしなかったが、ファルコがアンジェロであると知り、恐れおののいた顔は見ものだった。

そう思っているはずなのに、胸が晴れないのはなぜなのか。

あの晩、アリーナを抱き潰すまで震えが止まらなかったのは——なぜなのか。

『メイドに判事とくれば、あとは本丸だな』

先代の言葉に、ファルコはうなずく。本丸というのはロドヴィーゴにほかならない。

「ええ。奴が住むナポリに部下をやり、今、動向を注視しているところです」

『必ず、残忍に殺せ』

「はい。もちろん、そのつもりです」

先代もロドヴィーゴに恨みを持っているという話は、初対面で聞いた。

だがなぜ報復を望んでいるのか、ロドヴィーゴとの間にどんな因縁があるのか、ファルコは知らない。尋ねようとすると鋭い視線に制され、聞き出せなかった。

報復できずにいる理由ならば、見当はつくのだが。

ロドヴィーゴはあれでもイタリア屈指の大財閥を背負う大物だ。当然のように守りは堅く、簡単には報復などかなわない。たとえ、シチリア一のマフィア『カルマ』の力をもってしても。

（あるいは、先代がロドヴィーゴに警戒されているのか……）

どちらにせよ、ルチアーノ一族の血を引くファルコが加入当初から、復讐の足がかりとして期待されていたのは想像に難くなかった。首領にまで抜擢された今、しくじりは一切許されない。

「では、先代。失礼いたします」

受話器を置くと、ファルコは薄く開いていた窓を閉めようとした。

潮風がさらりと顔を撫でると、なぜだか、唇にそっと押し当てられたハンカチの感触が蘇る。あのときこちらを心配そうに見つめたアリーナに、ファルコは一瞬、見惚れた。

念入りに化粧を施され、女の顔をしていたはずなのに、神々しいほど清らかだった。初めて見たときと同じく、慈悲深い聖母のようだった。

――なぜなんだ。

すっかり汚れたのではなかったのか。淫乱女のはずだろう。

しかしそれならば、どうしてロドヴィーゴに腕を摑まれたくらいで萎縮していた？　依存しているはずのアヘンを求めずに平然としていられるのは、どうしてなのか？

目の前にいるアリーナと、ファルコが頭の中でこうだと思うアリーナの間には埋めきれない隔たりがあって、側にいればいるほど正体が摑めなくなる。

すると、ふたたび机上の電話が鳴る。先代が何か伝えもれをしたためにかけてきたのかもしれないと受話器を取ると、ナポリにいる部下からだった。

『ドン・ファルコ、報告します』

ナポリには、ルチアーノ財閥が経営するいくつかの企業の本社がある。当然、ロドヴィーゴが妻子と住む屋敷もナポリにあり、使用人として『カルマ』の構成員を潜入させているのだった。一族がどのような基準で使用人を採用するのか、ファルコはよく知っている。

『ヴェネツィアからの使者が「キアラ」という女性について調べ始めました。偽の情報を摑ませましょうか』

ヴェネツィアからの使者、というのはロドヴィーゴを示す隠語だ。かの有名なシェイクスピアの「オセロー」に登場するロドリーゴという男がヴェネツィアからの使者であるため、似た名前のロドヴィーゴをその名に隠した。電話の盗聴対策だ。

「……いや、もうすこし泳がせろ。「キアラ」が何者か判明しないほうが、奴の恐怖心は煽られる。しばらくは、様子だけを見ていろ」

『かしこまりました、ドン・ファルコ』

受話器を置き、ファルコは迷いを断ち切るように机の上の新聞をくずかごに押し込む。

(アリーナが本当はどんな性質を持っていようと、今さらだ。道連れにすることを、俺は選んだ)

そう――ファルコがアリーナに名乗らせたのは、義兄に殺された母の名だった。

アリーナは母と同じ稀有《けう》な瞳を持つうえに、十八だ。

母が崖から突き落とされたのは十八年前。もし母が助かって、腹の子を出産していたとしたら、ちょうど同じ年齢になる。

罪の意識からか、ロドヴィーゴは母の遺体を確認していない。すると、母と同じ目を持つ「キアラ」を前にして考えたにちがいないのだ。

母は崖下に転落したが、生きていた。そして己が孕ませたかもしれない子を産んでいた。つまり目の前にいる「キアラ」は我が子の可能性があり、自分の手で殺そうとした女の娘なのではないかと。

なんのためにロドヴィーゴの前に現れたのかなど、わかりきったことだ。

復讐。

かつて母を虐げた男を、葬りにやってきたのだ。

犯行時、ロドヴィーゴに協力したメイドと判事は、相次いで何者かに殺害されている。次は自分かもしれないと考えないほど、ロドヴィーゴも愚かではないだろう。

「せいぜい、架空の『キアラ』を血眼《ちまなこ》になって捜すがいい」

力む体を、ふうっと息を吐いて落ち着かせ、ファルコは書斎をあとにする。一歩、一歩、鉄の鎖でも巻きついているかのように足が重いのは……気のせいだ。

階下へ行くと、リラが医師に車椅子を押されながらやってくるところだった。

「……っ、あなた」

窓から飛び降りようとしているのを止めて以来、初めて見る姿だった。あのときより痩せて、経過良好とは言いがたい。すこしでも目を離せばふたたび自害を試みそうだ。

「この間のことなら、お礼なんて言わないわ」

強がれるだけ、まだましな心境になったということか。いや、万が一にでもこの屋敷内で、自ら飛び降りて死のうなどという愚行は許さない。

ファルコはこつこつと革靴を鳴らし、リラに近づく。

「それで？　そうやって俺に稚拙《ちせつ》な反抗をして、おまえはいったい何を得る？」

わざと悪魔のように笑んで、挑発的に顔を覗き込んでやった。

妹を汚した男を、心の底から憎むがいい。憎しみは時に、生きる原動力になる。ファルコはそれを、身に染みてよくわかっている。

「言ってやった、という一瞬の満足感か？　屈しない己への陶酔感か」

「何をおっしゃりたいの」

「たとえば、だ。おまえの妹が俺に尻尾を振って、おまえの治療費を俺に肩代わりさせているとしよう。おまえが俺の機嫌を損ねたらどうなるか、考えはしないのか」

「見捨てるなら見捨てればいいでしょう。それで死ねるなら本望よ。アリーナを野蛮な男たちの慰み者にしてまで生き続けるなら、死んだほうがましだもの！」

「男たちの慰み者？　いや、アリーナは俺の愛人だ。俺だけの、従順な女だ」

「……っ！」

カッと、リラの頬が赤くなる。燃えるような瞳で、ファルコを睨む。激しく膨れ上がった敵意を目の当たりにし、ファルコは満足して口角を上げた。

リラはアリーナよりプライドが高いぶん、反発させるのも容易《たやす》い。

「いいか。死んで帳尻が合うと本気で考えているのなら、おまえは能無しだ。おまえが死ねば、アリーナの今までのおまえへの献身《けんしん》は無駄になる。そしてアリーナは、自分のせいで姉が死んだと生涯苦しみ続けるだろう。それでもいいなら、死ねばいい」

頭を下げる医師と車椅子の横を通り過ぎ、ファルコは背を向けたまま言う。

「甘えるな。おまえが妹を犠牲にしているという被害者意識に逃げているかぎり、アリーナはおまえに弱みなど見せない」

苦しみなどというものは主観的で、比べようのないものだとわかってはいる。だが、リラにとっての苦しみはファルコが知る苦しみよりずっと浅く、そしてリラにとっての死は甘く優しいただの幻想としか思えなかった。

母はあの絶望の中でも、生きようとしていた。崖上から突き落とされながらも懸命に手を伸ばし、ファルコに助けを求めたのだ。

そんな母が無惨に散ったというのに、死ぬ理由まで他人任せのリラが安易にその命を捨てようというのは、到底納得のいく話ではなかった。

(俺が、気に入らないだけだ)

アリーナのためにリラを救ったわけではないと、言い訳ではなくファルコは思う。

だが、もしもリラがアリーナの前で本当に命を絶《た》っていたとして、かつての己のように慟哭《どうこく》するアリーナの姿を想像するとどうしようもなく胸が痛むのだった。

*

パーティーから二週間後、ひとり窓のない部屋で過ごすアリーナのもとに、突然ファルコが訪ねてきて言った。

「出かける支度をしろ。プーピへ行く」

突拍子もない発言に、アリーナはぽかんとした。

プーピといえば、シチリア島における大衆娯楽である人形劇《オペラ・デイ・プーピ》を指す。小難しい演目からして子供というより大人の男性の楽しみのひとつなのだが、ファルコが人形など観て楽しむ姿など、到底想像がつかない。ましてや、自分がそれに誘われようとは……ああ、ひょっとして目的は観劇以外にあるのではないか。

「プーピの劇場で、抗争でもあったのですか」

「ただの観劇だ」

「観劇って……あの、プーピって男性向けですよね。女のわたしを連れていっても大丈夫なのですか。手下の方を誘われたほうがよろしいのでは」

言いながら、もしやと思う。

「……また婚約者役ですか」

「察しがいいな」

最初からそれを言ってくれたらよかったのに、と内心むっとしながらも、アリーナはファルコを直視できなかった。頭の中には、ヴィカーリオ判事暗殺の見出しがちらつく。

もしも本当にあの晩、ファルコが判事を殺していたらとしたら――。

怖いというより、彼という人をどう捉えたらいいのかますますわからなくなりそうで、どんな顔で、どんなふうに目を合わせたらいいのか見当もつかなかった。

「十分以内に支度しろ。車で待っている」

そう言ってファルコが去ると、入れ替わりで着替えを抱えたアダがやってきた。例のごとく身支度を整えられ、アリーナは車に押し込まれる。

ほどなくして辿り着いたのは、港近くの小さな劇場だった。

「わ……！」

大人の男が二十人も入ればいっぱいになってしまう客席には、古びた木の椅子が並んでいる。左右の壁には、中世の騎士の姿を描いたタペストリー。先日の劇場のように荘厳ではないが、アットホームな雰囲気が男性向けとは思えないほど可愛らしかった。

「すてき！　ここにリラ姉さまがいたら、きっと喜びます。姉はこういう温かみのある雰囲気が大好きなんです」

「姉が、か」

ファルコが不可解そうな顔をして椅子に座ったので、アリーナは疑問に思いつつも婚約者らしくその隣に腰を下ろした。こぢんまりとした劇場内に、他の客の姿はない。

「立派な劇場なのに、やけに閑散としていますね」

「貸し切りだ」

「……えっ」

「そうでなくても、ここは近頃いつでも閑散としているがな」

まさか、誰に見られる心配もないのに婚約者役を連れてきたのだろうか。

なんのために？

尋ねようとしたら音楽が鳴り始め、舞台の上に紐で吊られた人形が現れた。

演目は、いわゆる騎士道文学というもの。中世の騎士たちが美しい姫君に愛を捧げたり、戦争で武勲を立てたりする物語で、色鮮やかな舞台でいきいきと動きまわる操り人形は、たちまちアリーナを惹きつけた。

——頑張って、今よ、騎士たち……っ！

手に汗握って観劇していると、隣でも息を呑む気配がする。見れば、ファルコも前屈みになって物語に入り込んでいる。人形劇なんてとばかにするのではないかと思っていたから、素直にのめり込む姿は意外で、何度も横目で見てしまった。

「プーピって、こんなに奥深いものだったんですね！」

　劇場を出ると、アリーナは興奮しきってファルコに話しかけた。

「舞台裏から聞こえる台詞が迫力で……姉が観ても、素晴らしかったと称賛するはずです。すごいんですね、人形使いの方たち」

「そうだな。今日は、アドリブも利いていてよかった」

「アドリブなんてあったんですか？」

「騎士が姫君に求愛するシーンだ」

　さらりとファルコが台詞を口にしたから、アリーナは目を丸くして立ち止まった。

「一言一句覚えてるんですか」

「おかしいか」

「い、いえ、その、意外だと思っただけです」

「シチリアに渡ってきたばかりの頃、親友に誘われて入ったのが最初だったな。当時は何を見ても新鮮だったが、今は、そうだな。たった数年前の話なのに、懐かしい」

　そう言ったファルコは、パン屋の看板を背景に、ふっと笑った。自分でも意外だと思っているかのように、肩の力をすとんと抜いて、穏やかに。

（……笑うの……？）

歩き出そうとしていたアリーナは、不意を突かれてまた動けなくなる。

もちろん人間なのだから泣きも笑いもするだろうし、何もおかしいことではない。だが、烈火のごとく怒り狂う彼が、嘲笑うでも自嘲するでもなく、こんなふうに喜ばしそうに、なんでもない瞬間に笑うなんて思ってもみなかった。

「それで、おまえはどうなんだ」

「え？」

「おまえ自身は、プーピを観てどう感じた？」

「どう、って……」

感想なら今、伝えたばかりだ。これ以上、この感動をどう言い表せばいいのかと戸惑うアリーナに、ファルコは面倒そうに舌打ちしてから言う。

「ここへやってきてから、おまえは姉の意見ばかり述べる。おまえは姉ではないだろう。好きか嫌いかくらい、おまえ自身の感覚で語れ。それとも、人形師たちの熱演を前におまえは何も感じなかったと言うのか」

「いえ、まさか。そんなことはありません！」

現に、興奮してファルコに話しかけていたではないか。

だが、なぜ興奮したのかと言えば、やはり姉の顔が真っ先に浮かぶのだった。

もし姉があの劇場に行ったら、可愛いと言って気に入るだろうから。観劇後には、素青らしかったと言って喜ぶだろうから。姉の笑顔を想像したら、うれしかったから。

（わたし、わたしは……）

姉の存在を無視して好きなものを好きと言い切る自信が、アリーナにはなかった。

ずっとリラの後ろで、リラの車椅子を押してきた。姉の意見を聞き、姉の趣味嗜好《しゅみしこう》を汲むことで進む方向を決めてきたのだ。自分の好みなんて、考えたこともなかった。

「伯爵！」

すると、後方から男の声が追ってくる。

振り返れば、初老の男性がプーピの劇場のほうから駆けてくるのが見えた。間近までやってくると、両手で抱えた分厚い札束をファルコの胸にぐいっと押し付ける。

「こんな大金、いただけません。貸し切りのご予約をいただいたときにも、どうせ普段から埋まっていない客席ですから、おふたりぶんのお代でけっこうですとお伝えしたはずです。座席に置いていかれるなんて困ります」

客席に札束——いつのまに置いていたのだろう。一緒にいたのに気づかなかった。

「素晴らしい舞台だった。この金額は、正当な評価だと私は考えている」

「舞台ならば、毎回ベストの出来でお見せしています。今回だけ特別な料金をいただくわけにはまいりません」

皺《しわ》だらけの手で胸に押し付けられた札束を、ファルコはまだ受け取ろうとしない。

「では、言い方を変えよう。劇場を閉鎖するという話を街で聞いた。その金を、経営再建の足しにしてほしい」

アリーナは驚いてファルコの顔を見上げた。

そういえば、あの劇場はこの頃、いつでも閑散としているとファルコは言っていた。貸し切らずとも貸し切りのような状態なのに、それでも貸し切りにしたのは——埋まらない座席のぶんまで、余計にお金を支払うためだった？

「あなたの主催するプーピには、亡くなった親友に連れられて幾度となく通った。そのたびに日常を忘れて楽しませてもらったし、親友も、あなたの舞台を愛していた。今後も定期的に貸し切るから、興行を継続してくれないか」

「ですが」

「もっと言わせたいのか？　私はあなたの人形遣いとしての腕も後世に残したい。後継者を育成するところまでがあなたの義務だと思うのだが、どうだ」

誠実な言葉は、名誉を重んじると口にしていた初対面の『死神』に通じていた。

「よろしいの……ですか」

人形遣いの翁《おきな》の瞳は、揺れている。

「市内に新たな劇場も建ちましたし、うちのような古い劇場が生き残っていける自信は……正直、ありません」

「皆、今は真新しいほうへ目移りしているだけだ。かならず、古き良きものの魅力に気づいて戻ってくる。この私が保証しよう」

きっぱりと言い切られると、本当にそうなるだろうとアリーナには思えた。

考えてみれば、ファルコは怒るときも施すときも、己の胸のうちひとつで決定し、どんな意見にも左右されない。批判も、まちがえることも気にしない。これまで傲岸《ごうがん》そうに見えていた態度だが、今は不思議と潔く、自信に満ち溢れたものに思えた。

巌のような『己』を持つファルコからしたら、趣味嗜好のひとつも己の言葉で語らないアリーナの態度は面白くなかったにちがいない。

「……ありがとうございます。このご恩は、忘れません……っ」

老人は札束を胸に抱いて、ファルコの足もとに崩れ落ちるように跪く。

アリーナのほうが感極まって、泣いてしまいそうだった。

初めて、ファルコのもっとも深い部分にある素の彼に触れられた気がした。


「ついでに街歩きに付き合え」

差し出された手に、アリーナは迷わずに摑まった。

ブティックにチョコレート店、宝石店に花屋に帽子屋——どこへ行っても「伯爵」と親しげに声をかけられるファルコは、眉目秀麗な好士そのものだ。

エスコートもつねに完璧で、どの店でも山ほど物を買うから「すてきなご婚約者さまですね」と女性スタッフにもれなく羨ましがられ、すこし照れくさくなる。

(どうして今日、ファルコはわたしを誘ってくれたのかしら。貸し切りの劇場に婚約者を連れて行く必要はなかっただろうし、街歩きだって彼ひとりでもできたはずなのに)

ずっと監禁されていたから、すこし息抜きが必要と考えてくれたのだろうか。そうだとしたら、うれしい。監禁しているのは彼だし、この程度で喜ぶなんてどうかしている。でも、斜め上に彼を見上げるたび、頬がじわっと火照って胸のあたりがそわそわする。

こんな華やいだ気分、いつ以来だろう。

こうして車のトランクがいっぱいになった頃、入ったのは一軒のカフェだった。

「彼女に一番いい紅茶を頼む。私にも同じものを」

「かしこまりました。伯爵、いつも贔屓にしていただき、ありがとうございます。ご婚約者さまも、今後ともどうぞよろしくお願いいたします」

「こちらこそ、よろしくお願いします」

「では、すぐに紅茶をお持ちいたしますね」

かしこまって頭を下げる店主は、目の前の紳士がマフィアの首領とはゆめゆめ思ってはいないのだろう。いや、ブティックでもチョコレート店でも宝石店でも花屋でも帽子屋でも、ファルコは完璧に『ボルセリーノ伯爵』だった。

「……服装が変わっただけなのに、見破られないものなんですね」

アリーナの呟きの意味を、ファルコはすぐに読み取ったらしい。「当然だ」と自信たっぷりに答えた。黒い瞳はゆっくりと、なぜだか店内を用心深くうかがっている。

「黒づくめの男と見れば、誰もが『死神』と察し、目を合わせない。つまり『死神』が本当はどんな顔立ちの男なのか、連中は誰も知りはしないのだ。それに、あの格好で屋敷を出るのは夜の間だけと決めている」

「夜の闇に紛れるためにに、真っ黒でいるってことですか？」

「あれは喪服だ。ベストもシャツも、一枚残らず死を悼むための色だ」

「喪服……？」

ファルコの返答はなかった。彼の視線は引き続き、さりげなく他の客に向けられている。テーブルを挟んで向かいにいるというのに、厚い壁を感じる。まるで、婚約者の役から弾き出されてしまったかのような疎外感に、アリーナは黙ったままではいられなかった。

「あの、ファルコ」

名前を呼んでも、黒い瞳はアリーナを見ない。考え事でもしているなら、邪魔しないほうがいいのかもしれない。だが、男女が向かい合って座っているのに無言では、周囲から見て違和感があるだろう。

「すてきなご友人がいらしたんですね。その方のために、プーピの劇場を守りたいと思われるほどですものね。わたしにとっての、姉みたいな存在なのでしょうか」

どうせ答えなんて返ってこないと思った。

でなければ、亡くなった人の話題なんて簡単には口に出せない。しかし、予想に反してファルコはすぐさま「ああ。先代の末息子で、フェデリコという男だ」と答える。

「俺を一家に加えるよう、先代にかけあってくれたのがフェデリコだった」

まさか話してくれるとは思わなかったから、驚いてアリーナは目を丸くした。

先代、というのは『カルマ』の首領の、だろう。周囲の席に客はいないが、一応、素性がばれそうな単語は口にしないらしい。

「死んだのは半年前だ。喧嘩に巻き込まれたと聞いている」

「その方とはいつから仲良くされていたんですか？　学生時代から？」

「いや。うちの連中はたいがい農村の出身で、学業とは無縁だ。牢……いや、閉鎖された空間の中、フェデリコから頼まれて読み書きや計算を教えたことで親しくなった」

「えっ、ファルコは赤ちゃんの頃からずっと、彼らの仲間だったわけではないんですか」

「赤ん坊の頃から？　俺をなんだと思っているんだ。赤ん坊の頃から硝煙臭い環境で育って、薬莢《やっきょう》をおしゃぶりにしていたとでも？」

そんなことは言っていない。

だが、ファルコに似た無愛想で目つきの鋭い赤ん坊をマフィオーソたちが懸命にあやしているのを想像したら、あまりにもシュールで、なんだか愛おしくて、耐えきれず噴き出してしまった。

「ふっ……ふふ、あはは、やだ……っ」

「なぜ笑う」

「だって……っ、そんな冗談、ファルコが言うなんて……っふふ、ふふふ」

「冗談など言っていない」

ファルコがあからさまにかちんときているのが、なおおかしい。

あの言葉のどこが冗談でなかったのだろう。もしかしたら嫌みのつもりだったのかもしれないが、まったく毒っぽくもない。

そうしてひとしきり笑ったあと、アリーナはゆるゆると表情を硬くした。

リラの顔を思い出したからだ。

(姉は、まだ笑える心境ではないのに)

姉から離れてひとり笑える自分が、とんでもない薄情者に思えて愕然《がくぜん》とする。たとえいっときでも姉の存在を忘れていたなんて、情け知らずにもほどがある。と、向かいの席から腕が伸びてきた。前置きなくぐしゃぐしゃっと髪を乱されて、アリーナはとっさに身を引いた。

「な、何をなさるんですか」

「そうやって暗い顔をしていれば、リラが喜ぶとでも思っているのか」

ファルコの眉間には、不愉快そうな縦じわが刻まれている。

「同調してやればリラの気が休まると考えているのなら、完全な思い上がりだ。おまえのその責任感は、美しい自己犠牲に見せかけた蔑視《べっし》にほかならない。本当にリラをひとりの人間として尊重するのなら、己の半身のようには扱えないはずだ。ちがうか」

すがすがしいまでの正論に、返す言葉はなかった。

そうだ。リラを本当に追い詰めたのは、アリーナがマフィアたちの慰み者になっているかもしれないという疑いではない。アリーナならそうまでして自分に尽くしかねないという確信が、リラをあのとき、絶望の淵に立たせたのだ。

（わたしは姉さまのために生まれてきたことを誇りに思っていたけれど、姉さまにはちがったわ。姉さまには、わたしの勝手な使命感が……重荷だったのかもしれないのだわ）

すると、遠慮せず頼ってほしいというアリーナの願いも、リラには負担だったのだろう。

こんなに長く、一番近くにいながら、どうして気づけなかった？

愕然とするアリーナを前に、ファルコはふうっと息を吐きウエイターを呼ぶ。ややあってリコッタクリームのケーキが目の前に置かれ、アリーナはぽかんとしてしまった。

「あの、これは」

「婚約者に暗い顔をさせたまま店を出ては、男としての体面が保てない」

つまりファルコはケーキひとつでアリーナが明るい顔になると思っているのだ。あれだけの正論を口にしておきながら、まったく思慮深いのか短絡的なのか――。

「食べないのか。いらないのなら下げさせるが？」

「いえ、ありがとうございます」

笑ってしまいそうになるのを我慢してケーキを口に含むと、さっぱりとした甘さが胸にすっと沁みた。

（今日は意外なことばかりだわ。でも、素顔のファルコに一歩近づけた気がする）

なぜだかすこし温かい気持ちでテーブルの向こうを見ると、ファルコはティーカップを手に取りながらやはり周囲をうかがっていた。

ややあって、何かに気づいたようにすっと目を細める。

「アリーナ、もっと近くに寄れ」

「え」

「いいから、隣に来い」

呼ばれるまま、U字型のソファ席を横にずれて彼の隣に座れば、まるで恋人同士が愛を囁き合うように、顔を寄せて言われる。

「今から店を出る。だが、絶対に俺から離れるな。会計の間も、俺の腕に掴まっていろ。

車に乗り込むまで、油断するな。いいな？」

「油断って、どうしてですか」

「とにかく、はいと言え」

「……はい」

ファルコの表情はいつも通りだが、声には切羽詰まった様子が表れている。何か差し迫った事情があるのかもしれないと、アリーナは差し出された腕に緊張しながら摑まった。

ふたりが席を立つと、店の隅の客が遅れて立ち上がる。

黒い背広姿の、髭の紳士だった。

「やはり来たな」

ぼそっとこぼされた愉快げな声に、嫌な予感がする。ファルコが気分良さそうにしているときは、たいがい物騒な出来事が起こるのだ。

案の定、店を出て歩き始めると、髭の男がついてきた。一定の距離を保ちつつも、不自然なまでにふたりと歩調を合わせ、離れようとしない。

(尾行されているのだわ。派手な買い物ばかりしていたから、財布を狙われている？)

思い当たる節はそれしかなかった。もし財布目当てでないのなら——よくよく考えて、まさか警察の人間なのではと思いついて、遅れて青ざめた。ファルコがヴィカーリオ判事を殺したかもしれないことを嗅ぎつけて、逮捕しようと動いているのでは。想像すると、どくどくと嫌なふうに脈が暴れる。

ここでファルコが逮捕されたら。

そうしたら、アリーナはリラとともに自由を得られるかもしれない。

だがその先を頭に思い浮かべると、ぽっかりと開いた穴に落ちたような心許ない気分になる。

（わたし、どうしてこんなふうに思うの……？）

戸惑うアリーナを腕に摑まらせたまま、ファルコはすこしずつ歩く速度を上げていく。

「アリーナ、次の曲がり角を左に曲がれ」

そう言われたときには、小走りになっていた。石畳に高いヒールが引っかかって、バランスを崩しそうになりながらも、懸命に駆ける。

細い路地に駆け込むと、直後、髭の紳士が焦ったように駆け込んでくる。待ち伏せていたファルコはその襟首を摑み、容赦なく腹に一撃入れ、アリーナはその間、恐ろしいのにまばたきもできなかった。

「誰の差し金だ、というのは、屋敷でゆっくり聞かせてもらおうか」

ククッと低くファルコが笑えば、すかさずバジリオが駆けてくる。まるで、こうなることを見越していたかのようなタイミングのよさだ。

「バジリオ、これをトランクに詰めて帰って、雇い主の情報を吐かせろ」

「かしこまりました」

「十中八九、ロドヴィーゴの手先だろうがな」

バジリオは慣れた手つきで髭の男を引っ立てたが、アリーナはまだ動けなかった。ファルコは今、ロドヴィーゴの手先と言っただろうか。

「ちょ……ちょっと待ってください。ロドヴィーゴって……ルチアーノ財閥の会長のことですか？　どうして彼が、わたしたちの尾行を指示すると思うんですか」

もしや、先日のパーティーでのアリーナの振る舞いに、気分を害しているのだろうか。いや、だが、たとえ気に入らないことがあったとしても、大財閥を率いるロドヴィーゴが、田舎の伯爵にねちねちと嫌がらせをするほど暇だとは思えなかった。

それに、あの鼻持ちならない性格をもってすれば、人知れず虐げるより、人前でわざとらしく嫌みのひとつでも言ってのけるほうが合っている気がする。

「何が起こっているんですか。教えてください」

「つべこべ言わずに来い」

面倒そうに去ろうとするファルコはやはり、肝心な話はしないつもりなのだろう。

屋敷に戻れば、また監禁部屋に閉じ込められて、それっきり。やっと素顔の彼に触れられたと思ったのに。一歩近づけたと思ったのに、またあっけなく引き離されるのかと思うと胸がもやつく。

（なぜなの？　わたしには、知る価値もないと言いたいの？　愛人として、婚約者役まで務めているのに）

まだ、もう少し食い下がろうとしたときだった。

ぱんっ！　と高い破裂音が路地裏に響く。発砲音だと理解したときには、大きな胸に守られていた。強い腕に背中をぎゅっと抱かれると、葉巻の香りが鼻をかすめる。そしてファルコは動けないアリーナを片腕で庇ったまま、すばやく胸もとから拳銃を取り出した。

路地の奥に向けて、躊躇《ちゅうちょ》なく引き金が引かれる。

耳をつんざく音に、全身がびくりと強張った。

「……致命傷、とまではいかなかったか」

鼻を突く硝煙の臭いとともに悔しげな舌打ちが降ってきて、アリーナはぞっとする。

致命傷……ファルコは、銃口の先にいた人間を傷つけるつもりだったのだ。命を落とすほどの怪我を、与えるつもりだったのだ。

撃たれそうになったのだから応戦するのは当然なのだが、ならば仕方ないとすんなり受け入れられるものではなかった。片腕ではアリーナを庇っていたのに、もう片腕では冷酷に人の命を奪おうなどと――。

「申し訳ありません、ファルコさま。大切な、情報源が」

落胆した声に振り返ると、バジリオの腕から髭の男がだらりと、糸が切れた操り人形のように落ちていくのが見えた。敷き詰められた石畳の溝には赤黒い液体がみるみる流れ、アリーナは思わず口もとを覆う。

「あ……」

血液だ。人の。これほど大量に、勢いよく広がっていくのを見るのは初めてで、現実とは思えなかった。弾が当たっていた？　まさか、狙われたのはファルコではなくて尾行者だったの？　ファルコに捕らわれたから、口封じのために……？

いいえ、今はそれよりも。

「お、お医者さまを、はやく、お呼びしないと」

震える手でファルコの背広を摑んで揺すると、大きな掌にすっと視界を遮られる。

「呼んだところで、手遅れだ。もう見るな」

やけに冷静な口ぶりには、違和感しかなかった。

手遅れって、何を言っているのだろう。医師に見せても無駄だと？　そんなはずはない。だって、つい先ほどまで彼は動いていた。ふたりのあとを追って、ここに駆け込んできた。ファルコから腹に一撃くらったときも、苦しそうに呻いていた。

そうだ。どうして呻き声が聞こえない？　石畳は冷たいし硬いだろうに、みじろぎひとつしないのはなぜなのか――。

「っ……あ」

目の前で起こっている残酷な現実に頭も心も追いつかず、気付いたときには意識が遠のいていた。


目を覚ますと、アリーナは組み木細工の天井を見上げていた。

室内をぼんやりと照らす橙《だいだい》の光に、ぱちっと火の爆ぜる音。寝かされていたのは木枠の大きなベッドで、マントルピースの形から、ファルコの寝室だと気づいた。

（わたし、どうして……彼の寝室にいるの）

窓の外は暗く、ごうごうと風の音がする。

いつ、天気が崩れたのだろう。昼間は晴れていたのに……と考えて、我が身に起こったすべての出来事をいっぺんに思い出し、ひゅっと喉が鳴る。

（そうだわ。ファルコと街へ出て、髭の男に尾行されて、それで――）

耳の奥に蘇る、薄暗い路地に響いた高い炸裂音。

だらりと下がった男の腕。力なく石畳に崩れ落ちるさま。赤黒い液体が流れ出す様子が、映写機の映像のように脳裏を横切って怖くなる。

あれから、髭の男はどうなったのか。ファルコとバジリオは？

「……ファルコ？」

呼びかけてみたが返答はなく、遅れてすこし、ほっとした。

今は、彼らの顔を見たくなかった。

なにしろファルコは、くずおれる髭の男を前に取り乱すことなく落ち着いていた。バジリオもまた、腕の中から滑り落ちていく男を『情報源』と呼んだ。ふたりが惜しんでいたのは尊い命ではなく、情報を引き出すための道具を失うことだった。

(わかっていたけれど……到底、普通の感覚ではないわ)

だがファルコを普通でないと言うのなら、アリーナも普通ではない。アリーナはその普通ではない男の腕に守られ、安心感を覚えていたのだから。今日だけでなく、パーティーの晩も。身投げしようとするリラを引き留めてもらったときも。そして、淫らに抱かれている間もだ。

ふうっと息を吐き、アリーナはベッドを下りる。

酷く喉が渇いている。廊下にメイドがいるなら、水でも一杯もらおうと思った。

「誰かいる？」

扉に手をかけて呼びかけると、それは薄く開いた。さらに押すと、小さな電灯の灯る廊下がゆっくりと見えてくる。

(鍵がかかっていない。監禁されているわけではない……？)

施錠を忘れたのだろうか。ああ、そういえばファルコの寝室には以前も鍵がかかっていなかった。寝首をかかれる心配がない、ということなのかもしれないが。

——もしかして、屋敷の外へ出られる？

真っ先にそう考えたのは、頭の中をまだ路地裏での残虐な出来事が支配していたからだ。このままマフィアの巣窟に留まれば、アリーナも、そしてリラも残虐な世界に染まりきってしまう。

人を殺したり殺されたりという危険があたりまえのこの環境で、この先もずっと生きていくなんて耐えられない。

ファルコはおそらく、アリーナの逃亡を警戒していない。リラがこの屋敷にいる限り、見捨てて逃げるはずがないからだ。だが、想定されていないのならそれこそ動きやすいにちがいなかった。

(姉さまはお医者さまのところにいるはずよ)

そろりと廊下に出て、壁際に沿って走り出す。こんな夜更けなら、医者も自分のベッドにいるだろう。リラの周囲もまた、手薄になっているはずだ。

車椅子は邪魔になるだろうから、リラを背負ってこの屋敷を出る。きっと、できる。

すると、廊下の先まで進んだところで、キイ、キイ、と木の軋むような音がする。大風の音にかき消されそうになっているものの、かすかに聞こえる、聞き覚えのある音。

「リラ姉さま……？」

姉の車椅子の音だ。

予想どおり「アリーナなの？」と暗がりから返答があって、途端にアリーナは駆け出していた。車椅子の手前で崩れ落ちるように膝をつき、リラに抱きつく。

同時に細い腕に背中をぎゅっと抱かれ、目頭がいっぺんに熱くなる。

「会いたかった、姉さま……姉さまっ……！」

「私もよ、アリーナ！　元気そうで、よかった……っ」

合わせる顔がないとか、何を話したらいいのかわからないとか、危惧していたことはすべて頭から消えてしまった。姉がここにいる。きちんと生きていて、温かくて、抱き締めれば抱き締め返してくれる。それだけで尊くて、胸が熱くなる。

「姉さま、どうしてここにいるの？　体は大丈夫なの？」

「お医者さまが席を外した隙に、抜け出してきたのよ。アリーナ、どうしてもあなたに会いたくて」

「わたしに……？」

見れば、リラの両手は真っ赤になっていた。それだけ必死に車椅子を漕いだのだ。

「アリーナに謝りたかったの。私、酷いことを言ったわ。あなたが懸命に守ろうとしていた命を、軽々しく捨てようともした。姉として、最低だったわ。ごめんなさい」

まさか姉に謝られるとは思いもしなかった。

涙が溢れそうになるのを耐えて、ふるふるとかぶりを振る。

「姉さまは、最低なんかじゃないわ。謝らなければならないのは、わたしのほうよ。だってわたし、姉さまの気持ちを考えなかった。自分の気持ちばかり押しつけようとしてた。だから本当のことも隠していたわ。わたし……わたしね、本当はこの屋敷の掃除係ではないのだと言うつもりだった。ファルコの愛人になったのだ、と。けれど」

「いいの」とリラはかぶりを振って、指先でアリーナの言葉を遮る。

「愛人になった話なら、知っているわ。私のために黙っていてくれたのでしょう？」

「どうして、それを」

「つい最近、ファルコさまから聞いたの」

いつの間にそんな話になったのだろう。アリーナは焦ったが、リラがショックを受けている様子はなかった。むしろ知れてよかったというふうに、すっきりした顔をしている。

「私が生きるためにアリーナを犠牲にしたくないと思う気持ちは、今も変わらないわ。けれど、もう自ら命を絶とうなんて考えない。アリーナが未来のために立ち向かうのなら、私も一緒に前を向いて生きていきたいの」

「姉さま……」

なんてうれしい言葉だろう。

アリーナはもう一度リラに抱きつき、細い体の存在の大きさを噛み締める。こんなことなら、もっと早くに事実を伝えていればよかった。もっと、姉の強さを信じればよかった。

——ああ、これが本当の『頼りにする』ということなのね。

『本当にリラをひとりの人間として尊重するのなら、己の半身のようには扱えないはずだ』

今ならば、ファルコのあの言葉の意味がわかる。

実際に手を差し伸べるだけが、手助けではない。リラが持つ力を信じ、互いを切り離して考えることこそ、本当の手助けだったのではないか。

すると、階下がにわかに騒がしくなる。

慌てて身を隠そうとすると、扉の閉まる音とともにまた、静かになる。屋敷に住み込んでいる下っ端たちが、連れ立って酒場にでも繰り出していったのだろう。

(もしかして……今、屋敷が手薄になった……?)

姉とふたりで監禁部屋の外にいて、監視役もおらず、なおかつ下っ端たちが屋敷を留守にしている状態は、ここに連れてこられて初めてだった。

「姉さま、屋敷を出ましょう」

「えっ？」

「ふたりで逃げるのよ」

逃げ出す機会が目の前にあるのに、物騒なマフィアの屋敷に留まっている理由はない。

目を丸くしているリラを背負い、アリーナはすばやく階下へ向かう。

(ここは、わたしたちが生きていける世界ではないわ)

パレルモへの道は先日出かけたときに覚えたから、問題ない。

幸い、婚約者役をするのに質のいい服と宝石を身につけたままだ。これを売って現金にすれば、当面の生活には困らないだろう。姉の投薬治療に関しては一旦諦めねばならないが、ファルコに対価を支払うだけが薬を得る手段ではないはずだ。

こうして玄関を出たふたりを迎えたのは、木々を唸らせる大風だった。

そうだ。外は嵐だったのだ。

「アリーナ、無茶よ……。こんな天気の日に、私を背負って歩くなんて」

背中からリラが訴えてくる。大風に晒されて体を冷やすのは、姉にとっては大きなリスクだ。だが幸いにも、雨は降っていない。

そもそも、今夜を逃したらいつこんな機会が巡ってくるかわからない。

「わたしなら大丈夫よ。体力には自信があるの。伊達に踊り子なんてやっていなかったんだから。姉さま、しっかり掴まっていて」

嵐の中に駆け出そうとすると「待って」と肩をぎゅっと掴まれる。

「ねえ、この屋敷から出て行って、あなたは本当に後悔しない？」

信じがたい言葉だった。

「後悔って、どうしてそんなことを聞くの？　姉さまは、この先も非道なマフィオーソたちに監禁されたままでいいと思うの？」

「そうじゃないわ。マフィアは物騒な人たちだし、閉じ込められて暮らす環境には疑問を持っていたわ。でも昨日、私、ファルコさまに叱られたのよ。甘えるのもいい加減にしろ、って。私が逃げているかぎり、アリーナは私に弱みなど見せないって」

　それはまるで、姉のおまえがアリーナを甘えさせてやれという正反対のメッセージのように聞こえた。

「最初は、憎まれ口を叩かれているのだと思ったけど、冷静になってみれば、彼は私に発破をかけていたのだわ。私、ずっと周囲から『かわいそう』と言われて育ってきたから、叱られるのはとても新鮮で……そしてね、はっとしたの。生きていなくちゃ、アリーナを勇気づけるどころか心配することもできないって。それにアリーナ、ファルコさまはあなたを愛人と言っていたけれど、ひとりの女性としてきちんと気にかけてくれているのだと感じたわ」

　気にかけてくれている——口の中に、リコッタクリームの爽やかなケーキの味が蘇る。

　ファルコは口は悪いが、アリーナにもリラにしたように発破をかけてくれた。落ち込むアリーナのために、ケーキも注文してくれた。

　そもそも、かつての友人のために大枚をはたいて下町のプーピ劇場を守ろうというのだから、情に深い人物であるのは疑いようがない。

(残虐なだけが、ファルコじゃない。わたしはもう、それを知っている……)

だが、まばたきをするたびにアリーナの瞼の裏には、惨劇を前にしても平然としていた彼の顔が蘇る。あんなのは、普通じゃない。

「……だけど、相容《あいい》れないものは相容れないのよ」

ファルコはマフィアの世界に生きている。

自分たちは、自分たちの生きる世界に戻らねば。でなければ、いつか必ず後悔する。そう思うのに、胸はちくちくと痛む。一歩を踏み出そうとする足が、躊躇する。……いや、駄目だ。後ろ髪を引かれるような想いを振り切り、アリーナは嵐の中に歩み出そうとする。

そのとき、ひときわ強い風が横切った。

木々が揺れ、枝葉がびゅうっと空を切る。

刹那、記憶に浮かびあがったのは広い背中を埋め尽くす無惨な傷痕。そして、シーツに爪を立てて苦しそうに呻いていたファルコの姿だった。

(相容れない？　ほんとうに？)

それなら、あの笑顔は？　無愛想な表情がほころびこぼれたような笑みを前に、それまででもっとも彼を身近に感じたのは——気のせいだったとでも言うのか。

「っ……」

考えてみれば、路地裏に発砲音が響いたあのとき、ファルコは真っ先に迷いなくアリーナを守った。もう一方の手で拳銃を取り出すより先に、身を挺してアリーナを庇ったのだ。ただ冷酷なだけの人なら、どうして反撃を優先させなかった？

「わ……たし」

風の音に混じって『行くな』の声が胸の中でこだまする。行かなければと思うのに、次の一歩が踏み出せない。本当に、このままファルコから離れて後悔しないのか。

迷い揺れるアリーナに、リラは「あなたが決めていいのよ」と力強く言う。

「私はどこへだって、アリーナと一緒に行くわ。辛いことがあっても、私が支えるから」

「姉さま……」

「私は、あなたの選んだ道なら、どんな道だって誇りに思うわ」

たまらなかった。

これまでずっと、姉の行きたい方向に舵を切るのが自分の役割で、喜びでもあると感じていた。迷いなど、なかった。だが、もしも己の思いのままに振る舞えたなら。自由に行き先を決められたらと、心のどこかで願っていたことに気づかせてくれたのは……。

――『おまえは姉ではないだろう。好きか嫌いかくらい、おまえ自身の感覚で語れ』

ほかならぬファルコだった。

ああ言われたとき、今までずっと蔑《ないがし》ろにしてきた本当の自分の存在に気づいてもらえたようで、うれしかった。困惑しながらも、そうだ。本当はうれしかったのだ。

（もう、わかってるわ）

彼が何を考えていて、何をしようとしているのか、アリーナは知りたい。どうしてマ
ファルコに隠し事をされて腹が立つのは、知りたいからだ。

フィアの首領をしているのか、黒づくめの衣服を喪服と呼んだ理由も、知りたい。

本当の彼を知りたい。

「ごめん……なさい、姉さま……」

「謝らないで。さあ、戻りましょう」

明るく言う姉を背負ったまま、アリーナは踵を返した。

放置してあった車椅子にリラを戻してから、ファルコの寝室へ戻る。彼の気配はない。

だが、もしかしたらと続き部屋を覗いてみると、ファルコはソファに突っ伏し悶えていた。

「く、う」

嵐のせいだろう。木々がびゅっと風を切るたび、喉を締め上げられているかのように
ファルコは息を止めてソファの座面に爪を立てる。

いつから苦しんでいたのだろう。

心配になって呻く彼の横に膝をつき、アリーナは恐る恐る、筋肉質な肩に手を伸ばす。

「ファルコ」

「……っ！」

黒い瞳が、はっとしたように見開かれて、振り払われるかと思った。

しかしファルコはアリーナを見上げ、信じられないと言いたげな目をする。そしてしばらくアリーナを見つめたあと、ようやく呼吸ができたというふうに、深く息を吐いた。

ゆっくりと、安堵したように瞼が下りていく。

心をゆだねるような表情にやりきれないほどの切なさを覚えたら、胸がきゅうっと甘く震えた。

*

枝々が風を切る音が、鞭打たれた記憶を呼び覚ます。熱く灼《や》けるような激痛に絶え間なく襲われ、ファルコは身をよじらせてソファの座面を掻く。

メイドも判事も始末し、先代首領からも評価され、本丸ロドヴィーゴも順調に追い詰めつつある。計画に狂いはない。それなのになぜ、追い立てられているような焦りがいつまでも続くのか。

なぜ、風の音で蘇る鞭打ちの痛みはすこしも和らがないのか――。

「く、う」

呼吸もままならず、危うく気を失いそうになりながら、ファルコは懐かしい記憶に縋ろうとする。瞼の裏に思い描いたのは在りし日の母の姿だったが、儚い笑顔は薄紙のように揺らぎ、やがてアリーナの華やかな笑顔へと変わった。

『ふっ……ふふ、あはは、やだ……っ』

愉快そうに肩を揺らすアリーナは、アヘンを求めて男を次々と籠絡する小狡《こずる》い女でも、ファルコがもう何年もピエタと崇《あが》め、聖域として大切に思ってきた少女でもなかった。

どこにでもいる、年相応の女と変わらなかった。

だが、今まで見た中でもっとも神々しく、美しく、目が離せなかった。

すっかり見惚れていた。

この身を盾にしても、守りたかった。

(……あれほど嫌悪した女なのに)

「ファルコ」

そのとき、か細く呼ぶ声がした。

「……っ!」

驚いて振り返れば、暖炉の暖かな光を背にアリーナがこちらを覗き込んでいる。心配そうな瞳に、暗闇に点描画のように淡く柔らかく浮かび上がる輪郭。

夢でなければ、幻影だろうと思った。

会いたいと願った瞬間に、目の前に現れるとは。

透き通るほど清純なその姿を目に焼きつけ、瞼を閉じる。次に目を開いたとき、きっとその姿は消えている。これほど都合のいい幻が、続くわけがない。

だが直後、両耳をそっと塞ぐひんやりした感触に、はっとして瞼を持ち上げた。

「アリーナ……」

華奢な両手が、ファルコの耳をやんわりと塞いでいた。風の音を遮ろうとしているのだと、すぐにわかった。木々の揺れる忌々しい音は途端に消え去り、彼女の脈なのか、世界はどうどうと優しい音に包まれる。

……救ってくれるのか。こんな俺でも。

信じがたく思うと同時に、どうしようもなく心を揺さぶられた。

感情のままに傷つけ続けた。巻き込んでもかまわないと、母の名を名乗らせた。にもかかわらず、アリーナはファルコの苦痛を和らげることだけに、今、両手を捧げている。

(アリーナ・ラフォレーゼ……やはりおまえは、俺の聖域だ)

祈るように、縋るように、ファルコはアリーナの手に自らの手を重ねる。細い指がぴくっとかすかに震えたから「何もしない」と前置きをして握り、引き留めた。

「このままで、いてくれ」

今まですまなかった、と詫びる言葉は喉もとまで出かかっていたが、呑み込んだ。あれ

ほど手酷く扱っておきながら、己の安らぎのために許されたいなどと、調子が良すぎる。

憎まれたままでいい。

これ以上は、望まない。だから、離れないでくれ。

「そばに、いてくれ……頼む」

懇願するファルコに、アリーナは無言のまま、小さくうなずいた。彼女の口角が優しく上がっているのを見て、部屋にこごっていた暗い気配がさあっと浄化されていく気がした。

(愚か者め)

こみ上げる熱い感情の狭間で、ファルコは己を呪う。

命の恩人と思うのなら、なぜ、六年もの間、放っておいた?

もしもビアンキ商会が倒産したとき、すぐさま援助の手を差し伸べていたら。彼女が路頭に迷う前に、声をかけてやれていたら……彼女は今、清らかなまま笑っていたはずだ。

彼女が堕ちたのは、ファルコの責任だ。

わかっている。

「……鞭だ」

そしてファルコは、初めて他人に弱みを吐露した。

「牢獄にいた頃、看守に毎晩鞭打たれていた。寝ることも叶わず、気絶すれば冷水を浴びせられて意識を引き戻され、死にたくなるほどの痛みを与えられ続けた。その後遺症だ—

すぐさま返答はなかったが、沈痛そうに唇を噛み、言葉を懸命に探そうとするさまが、なにより誠実に見えて、全身を苛む苦痛がすっと和らぐのを感じた。

——信仰心？　いや、この感情は、崇拝とはちがう……。

じっと見つめていると、アリーナは頬を染めて恥ずかしそうに視線を逸らした。垣間見えた照れがあまりにもいじらしく、できることなら抱き締めて口づけたくて、好きだと、ぽろり、こぼれるように思い至った。

（ああ、そうだ。俺は）

いつからかアリーナに恋をしていたのだ。

苦しみに耐えるとき、憎しみを噛み締めるとき、つねに胸の内にいて支え続けてくれた彼女に……年甲斐もなく、純粋に。

——愛までは望まない。だから、側にいてくれ。

アリーナが灯す小さな光だけが、ファルコに暗闇と己の境界線を教えていた。

5　死神は聖女に焦がれる

嵐の晩から三日、アリーナはファルコとともに『カルマ』の屋敷を出ることになった。姉のリラ、メイドのアダ、ファルコの右腕であるバジリオと手下のナタ一レ、それから少数の使用人たちも一緒だ。

ロドヴィーゴの手下がファルコの身辺を探ろうとしているため、伯爵イコール死神と悟られぬよう、伯爵名義で所有している別荘に移るのだとファルコは言った。ではなぜ身辺を探られなければならないのか、気にはなったが、アリーナは尋ねなかった。

大風の音に苦しむ理由を、彼は話してくれた。

今はひとまず、それで充分だと思えたのだ。

「わぁっ。畑の色が、パッチワークみたい……！」

山肌に沿って蛇のようにくねる道の途中、車の窓にへばりついてアリーナは叫ぶ。エンナはシチリア島のほぼ中央にあり、かなたまで続く平原を見下ろす高台の街なのだ。

ファルコ――ボルセリーノ伯爵が所有する別荘は丘の中腹に建ち、正面にミモザの花が咲き乱れる広々とした庭を有していた。

「この部屋を、リラと使うといい」

通されたのは、オイルヒーターの完備されたモダンな一室。

大きな格子窓の向こうには、広大な大地を見渡せる。花柄のカーテンに、パステルカラーのストライプの壁紙。クロゼットや化粧用の鏡台もあり、今まで監禁されていた部屋とは明るさからして別世界のようだった。

「すてき！　ほんとうにこんなに広いお部屋、姉とふたりでお借りしてもいいんですか」

「ああ。気に入ったか」

「はい、とっても。お庭のミモザの花もよく見えますね。お花、すきなんです。とくに小さな花が。あの、姉ではなくて、わたしが、すき……なんです」

いつかのようにつまらない顔をさせたくなくて、懸命に伝えた。

するとその日から、ファルコは毎日、アリーナの部屋に花を持って来るようになった。

おあつらえむきに季節は春。アーモンドやミモザの花が全盛で、切り花を持ってファルコが部屋へやってくるたび、屋敷内に華やかな香りが充満した。

「こうもよくしていただくばかりだと、なんだか申し訳なくなってくるわね」

そう言って姉は真新しい車輪を回し、くるりと方向転換する。

引っ越しに伴い、ファルコはリラに新しい車椅子を用意してくれた。屋敷の中をひとりでも移動しやすい、小回りのきく機能的な一台はすぐさま姉のお気に入りになった。

さらに姉妹のクロゼットには服や帽子、バッグにジュエリーが詰め込まれており、そのうえ毎日のように靴や下着なども追加してアダが運び込んでくるから、身につけるのが間に合わないほどだった。

「できれば、お礼がしたいわね。私たちって、結局はただの居候だし」

「……でも」

「あら。もとはと言えばファルコさまがアリーナを拐ったせいなのだから、お礼なんてする必要はないと思ってる？」

「そういうわけじゃないわ。嵐の晩、わたしは自分の意思でここに残ったわけだし、いくらなんでも、ここまでしてもらったらお礼をしなきゃって思ってる。でも、どうしたらいいの？　わたし、ファルコに返せるものなんて何ひとつ持っていないのよ」

以前なら、寝室へ行って淫らな要求に応えるべきだと思ったにちがいない。

だが先の嵐の晩以来、ファルコは指一本アリーナに触れてこない。それに、アリーナのほうもなぜだかファルコの顔を直視できなくなっていた。

花を差し出されるとうつむかずにはいられないし、食事のときに居合わせると気まずくて、何を食べても味がわからない。

どうしてしまったのか、自分でも理解できないからまいっていた。

「そうよね」

ううんとリラは唸る。

「何を差し上げようにも、そもそもファルコさまが何を好むのかもわからないし。そうだわ、アリーナ、あなた、ファルコさまのご趣味をさりげなく探ってきてちょうだい」

「わたしが？　あの、姉さま、ちょっ、ええ……っ!?」

強引に部屋から押し出され、アリーナは愕然とする。

アリーナがファルコの顔を直視できなくなってからというもの、リラはずっとこんなふうだ。アリーナが困ると知っていて、ファルコとふたりきりにしようとする。いったい何を考えているのかわからないが、本当に困ってしまう。

（ファルコに会わずに部屋に戻ったら、姉さまにまた追い出されるわね）

仕方なく廊下を歩きはじめると、納戸から人の話し声が聞こえる。アダの声だ。もしかしたら、何か物を引っ張り出すのに難儀しているのかもしれない。そう思い、扉を開いた途端、室内にいたふたりが飛び退くように離れた。

アダと、白髪混じりのバジリオだった。

「え、あ、いきなりごめんなさい……っ」

「とんでもないです、アリーナさま」

アダはそう言ってくれたが、雰囲気はすっかり気まずかった。

――もしかしてアダとバジリオって、そう、なの？

状況的には完全に逢い引きだ。

マフィアたちだって人の子なのだから恋もすれば結婚もするだろうに、彼らの屋敷内に恋愛が存在しているのだと思うと不思議な気分になる。

しかし色恋が理由でここにいるにしてはアダの表情が硬く、バジリオを警戒しているようだった。とてもではないが、愛を囁き合っていた者の顔ではない。仕事に関して叱られていたとかだろうか。

「アリーナさま、何かご入用でしたら私が承りますが」

そこで、すっと一歩前に出たのはバジリオだった。

「あ……あの、ええと、なんだったか……あ！　わたし、ファルコとすこし話したいんです。彼は書斎ですか？」

「いいえ。ファルコさまは庭で読書をしていらっしゃいます。ご案内いたしましょう」

「私も一緒にまいります」

そう申し出たアダを「いいえ、けっこう」と不自然なまでに柔らかい笑顔で制し、バジリオはアリーナを廊下に連れ出す。細められた目は落ち窪《くぼ》んでいるぶん、不思議な王を持っていた。

（バジリオさんって、ちょっと怖い……かもしれない）

すっと伸びた背すじも、かしこまった物腰も、そして燕尾服《えんびふく》にも隙がまったくないから近寄りがたく感じるのかもしれない。

ファルコよりひと回り以上年上に見えるが、長い付き合いなのだろうか。

「あの、バジリオさんはずっとファルコの下で働いているんですか」

階段を下りながら尋ねると、バジリオは「いいえ」と斜めにアリーナを見上げた。

「ファルコさまが組織の長になられたのは半年ほど前です。私は、以前は先代首領のもとで、やはり補佐として仕えさせていただいておりました」

「補佐……、ファルコよりバジリオさんのほうが年上ですよね。補佐のポジションのままで新しい上司を迎えることに、抵抗はなかったのですか……？」

「いいえ。首領が道を外さぬよう、つねに側で見守り、在り方を正し続けるのが私の役割です。どなたが首領になられても同じこと。とても光栄な役割と考えております」

マフィアの首領の在り方というのはどんなふうだろう。率直に疑問に思う。

「ファルコは、早くから後継者として決まっていたんですか？」

「いいえ。当時、後継者には先代首領の末息子であるフェデリコさまが最有力とされていました。しかし代替わりを目前に、抗争に巻き込まれて亡くなられまして」

フェデリコ――ファルコが親友と言っていた男だ。

半年前に亡くなったという話も聞いている。

「その際『カルマ』の若手を束《たば》ね、敵の組織を一晩で壊滅させたのがファルコさまです」

「一晩で、って……」

「お見事でしょう。彼は一家に仲間入りして六年の若手ですが、牢獄の中で鍛《きた》えた肉体はもちろん、生まれ育ったお家柄からして上流社会の構造をよくご存じです。ですから、裏社会だけでなく表社会の情報網まで駆使して隙なく攻め、なおかつこちらの犠牲者をひとりも出さない見事な陣頭指揮でした。その手腕を先代に買われて、後継者に指名されたわけですが」

「ちょ、ちょっと待ってください。生まれ育ったお家柄って、つまりファルコはボルセリーノ伯爵のほうが本名ということですか？」

「いいえ。彼は、もっと大きな家名を担うはずだった方ですよ」

大きな家名？　どういうことだろう。

ファルコが、もともとマフィア一家に育ったわけでないという話は以前、聞いた。だがマフィアの一員になるくらいなのだから、たとえば貧民街で育って食べるのにも困っていたとか、犯罪と隣り合わせの環境で育ったのだと思っていた。

（でも、それにしては身のこなしが堂々としていて、貴族みたいと思ったのだったわ）

ぱっと思い浮かんだのはルチアーノ財閥の会長、ロドヴィーゴの顔だ。

ファルコは路地裏で死んだ男をロドヴィーゴの差し金だというふうに言っていたが、もしかしてふたりの間の遺恨は、ファルコが『カルマ』にやってくる以前のもの……？

だがこれ以上、本人のいないところで聞くわけにはいかない。黙ったままバジリオに続いて庭に出ると、前方のベンチに男の後ろ姿が見えてきた。

ファルコだ。

そうと察して、どきっとする。

伯爵らしい白いシャツに黒いベストという軽装で、膝の上に本を広げている。がっしりした肩がやけにたくましく見えて、見惚れてしまう。アリーナはバジリオに礼を言って別れると、すこし緊張しながらベンチに歩み寄った。

「ファルコ」

声をかけられたファルコは、ぱっと顔を上げる。

「……アリーナ」

黒い瞳はアリーナを認めた途端、剣呑な鋭さをなくす。そして手もとで本をパタンと閉じるかたわら、じいっとアリーナの顔に見入る。

（どうしてそんなに、見るの……？）

気がかりなことでもあるのだろうか。それとも、顔に何かついている？

気に入らないところがあるのなら、以前のようにはっきり言ってほしい。ただ見つめられるだけでは、調子が狂う。だからアリーナは余計に、ファルコの顔を見られなくなる。

「ひとりで庭に出るなんて、どうした？　リラの体調が悪いのか？　医者が必要なら、もう俺を介さずとも自由に診察してもらうといい」

「いいえ、そういうわけではなくて」

あなたの趣味を尋ねにきました、とストレートに打ち明ける勇気はなかった。

「散歩か。花でも摘んでやろうか？」

「いいえ！　今朝はもうミモザをいただきましたから。いつもありがとうございます」

まさか、面と向かって花を摘もうと言われるとは思いもしなかった。以前のファルコでは考えられなかった言葉だ。

「その……わたしもベンチ、ご一緒してもいいですか」

おずおずと申し出ると「どうぞ」と丁寧に右隣を示される。

腰を下ろしてもファルコはまだ熱心に、見惚れているかのようにアリーナを見つめていて、アリーナは彼から目を逸らしているしかなかった。

「あの……どんな本を、読んでいたんですか」

どうしてこんなにもどきまぎしてしまうのだろう。

どうしてこんなにも落ち着かない気持ちにさせられるのだろう……。

「これか？　アリオストの『狂えるオルランド』だ。プーピで観ただろう。あの原作だ。おまえも読むか？　大巨編だが」

「いいんですか？　うれしいです。では、ファルコが読み終わったら貸してください」

「俺はもう何度も読んだから、おまえに貸そう」

「何度も読まれたのですか？　大巨編なのに？」

「ああ。大巨編なのに、だ。気に入ったら、返さなくてもいい」

差し出された本を受け取ろうと、すこし視線を上げる。顔までは見てしまわないように、視線が絡まないように、そろりと。すると彼の向こう、ベンチの座面に橙色の果物がひとつ置かれているのを見つけた。

「……オレンジ」

「ああ、これか。ブラッドオレンジだ。おまえも食べるか？」

ファルコが振り返ってオレンジを手に取ろうとしたときだ。

突然、ざわっと庭木が騒ぐ。予想外のつむじ風だった。途端、アリーナは反射的に立ち上がり、ファルコの耳を塞いでいた。

ファルコにはすこしも苦しい思いをしてほしくない一心だった。

「大丈夫ですか？」

風が去ってから、体を離そうとしてどきっとする。

鼻先が触れそうなほど近くに、精悍《せいかん》な顔立ち――。

「あ……」

足もとでぱらぱらと、ページの捲れる音がする。ファルコの本だ。拾わなければ。

でも、体が、動かない。

「……アリーナ」

名を呼ぶ唇のかさついた表面が間近に見えたら、脈はみるみる駆け出した。ファルコの視線はまっすぐにアリーナの瞳に注がれたまま、離れない。

口づけられるかもしれない。甘い予感に、頭の芯がじんと痺れる。

（ファルコ……）

瞳を揺らしてじっとしていると、ファルコはすっと目を逸らし体を引いた。両の掌から温かな肌の感触が逃げていって、あっけなさにアリーナは戸惑う。

「相変わらず、慈悲深いんだな」

彼にその気がなかったとわかって、気抜けしている自分が滑稽に思えた。

ファルコが拾った本をオレンジと一緒にベンチの座面に置き、「感謝している」と言い残して去っていくのを茫然と見送る。

（……慈悲深くなんて、ないわ）

ファルコの耳を塞いだのは――苦しんでほしくないと願ったのは、ほかならぬ彼だったからだ。誰でもよかったわけじゃない。

ファルコだから、守りたかった。残酷で強引だけれど誠実で気まぐれに優しくて、大船のような安心感を与えてくれる彼だから。

側にいる間だけでも、心安らかでいてほしかった。

——わたし、もしかしてファルコのこと……いいえ、だって、まさか。

否定しようとしたが、その甘い感情は胸の真ん中から退いてくれない。たくましい背中が屋敷の中に消えても、アリーナはしばらくベンチから立ち上がれなかった。

＊

数日後、リラの発案でファルコを招いた夕食会が設けられることになった。

アリーナは定めきれない自分の気持ちに混乱しきっていて、もうすこし冷静になるまでファルコの顔を見るのはやめようと思っていた。

だがリラに「ファルコがブラッドオレンジを傍らに置いていた」と報告したところ、それならブラッドオレンジを使った料理でも作り、ファルコをもてなそうという話になってしまい、どうしても断り切れなかった。

出来上がった料理を食堂のテーブルに並べ、三人でそれを囲むと、会話を主導したのはリラだった。

「では、ファルコさまはもともとナポリにお住まいでしたのね？」

「ああ、二十歳までだが」

「それからずっとシチリアに？　ナポリが懐かしくなりませんの？」

「そうだな。ナポリといえばヴェスヴィオ火山の懐……。ヴェスヴィオ火山は潰れたような山頂の形が、シチリアのエトナ山に似ている。眺めながらたまに、故郷を恋しく思ったりはする」

　ファルコとふたりきりで向かい合って席に着いたとしたら落ち着かなかっただろうから、姉の存在はありがたい。

　だが、リラとファルコの会話が盛り上がれば盛り上がるほど、アリーナは置いてけぼりの気持ちになった。

（ファルコ、わたしと話すときよりくつろいでいるみたい……。ううん、だからなんだっていうの）

　リラもリラで、普段は男性と会話などしないのに、今夜に限ってはファルコのほうに身を乗り出し、彼に興味津々《きょうみしんしん》といった様子だ。姉が社交的になるのはいいことだと思うのに、胸がざわざわして、割って入りたくなる。

（思えば故郷の話なんて、わたしにはなかなかしてくれなかったわ）

勘繰りたくないと思えば思うほど、思考は勝手に悪いほうへと転がって行ってしまう。邪推したところで、アリーナの立場は変わらないのに。姉もファルコも、別の意味で大切な人たちなのに。

そうして懸命に笑顔で相づちを打つアリーナを見て、リラはますます熱心にファルコに語りかけた。まるで、アリーナの焦燥を煽るのが目的のように。

徐々に作り笑いも苦しくなってきた頃「すいやせん、お邪魔してもよろしいっすか」と食堂にひょっこり顔を出したのはナターレだった。

相変わらず気弱そうな顔で、手にはマンドリンを携えている。

「少々、奏でさせていただいてもよろしいっすか」

「えっ、ナターレさん、弾けるんですか」

驚くアリーナに得意げに微笑み、ナターレは椅子に座ってマンドリンをかまえる。その指が弦を弾くと、たちまち部屋は明るいカンツォーネの響きでいっぱいになった。

気休めでも気持ちが軽やかになって、すこしほっとした。

ナターレが来てくれてよかった。あのままでは、泣いてしまいそうだった。

「なんだか踊りたくなるわね」

そこでため息まじりに言ったのは、リラだ。

「なんて、思うばかりで実際、私にダンスなんて無理なのだけれど」

アリーナがそんなことないわと言って励まそうとすると、ファルコが突然立ち上がった。

「本当に無理かどうか、やってみればいい」

リラの横にやってきた彼は、うやうやしく一礼してリラに手を差し伸べる。

どくんと、心臓が重く跳ねる。だめ、と言いそうだった。愛人をしているアリーナだって、まだファルコと踊ったことはない。どうしてその手を、先にリラに差し伸べるの……などと、文句を言いたくなる自分が怖い。

ほどなくしてリラはファルコの手に喜ばしそうに摑まった。動き出した車椅子は、部屋の奥でくるりとターンする。古びた車椅子ではできなかった大胆な動きに「まあっ」とリラは歓喜の声を上げた。

「見てっ、アリーナ！　私、踊っているわ！」

ファルコのリードは完璧で、二曲、三曲と、リラは楽しげにダンスを続けた。

リラが踊る姿など初めて見る。リラ自身が諦めていたのもあるが、こんなふうに連れ出してくれる男性なんて今までいなかった。

やはり止めなくてよかった。

そう思えばこそ、アリーナの胸は引き絞られるようにぎゅうっと痛む。よかったと思っているのは確かなのに、苦しいなんてどうかしている。

明るく振る舞わなければ。笑わなければ、暗い顔をすれば姉に心配をかけてしまう。

せっかく時間を作ってここに来てくれたファルコにも申し訳ない。

わかっているのに、徐々に笑えなくなってくる。拍手の手が、止まる。

もうこれ以上、親しげにしているふたりを見ていられない――。

「ごめんなさい。わたし……失礼します……っ」

たまらなくなって、アリーナは応接室を飛び出した。胸に渦巻《うずま》く強い反発が『嫉妬《しっと》』という名であることには、気づいていたが認めたくなかった。

だって、姉にそんな醜い感情を抱くなんてありえない。リラはアリーナの唯一の家族で、苦楽を共にするかけがえのない存在だ。支え合うべき存在を、疎ましく思うはずがない。

（絶対にちがう……！）

まとわりつく邪念を振り払うように、アリーナは力いっぱい駆けて渡り廊下の途中で立ち止まる。柱にもたれ、肩で息をする。苦しい。呼吸よりも、心が苦しい。

すると「アリーナ！」とファルコの声が追ってきて、ぎくりとした。

「……っ」

だめだ。今は、顔を見たらいけない。

あの鋭い瞳に捉えられたら、また黒い気持ちが湧いてしまう。

駆け出そうとしたが、腰を抱かれ、身動きできなくさせられてしまった。

「どこへ行く。まだ、食事は始まったばかりだろう」

「す、すみません。ごめん、なさい……っ」

「詫びるだけではわからない。突然飛び出していくなんてどうしたんだ。何があった？」

尋ねないでほしかった。

答えられるはずがない。姉の手を取って踊るあなたを見ているのが辛かった、なんて。

「放っておいてください。お願いします」

顔を背けたまま、腰に巻きついた腕をぐいぐいと剝がそうとしたが、叶わなかった。

「今にも泣き出しそうな顔をして、放っておけとはよく言えたものだ」

「な、泣きたくなんかありません」

「強がるな。正直にすべて話せ。なぜ、食堂から出て行った？」

真摯《しんし》な口ぶりが、余計にアリーナの胸を締め付けた。

姉の手を取ったなら、逃げ出した女など気にせず、姉を楽しませることだけに専念してほしかった。いっそ、アリーナの存在など気に留めなくてもよかった。

そうしたら、すこしは諦めもついたのに。このぶんでは相手になどされない、期待などしても無駄だと思えたのに。

「……狡《ずる》い……」

「うん？」

「あなたは、狡すぎます。ご自分は、最近になるまでなかなかわたしに肝心な話をしてくだらなかったのに……わたしには、何もかも話せとおっしゃるのですね……？」

　振り返って涙目で軽く睨むと、ファルコははっとしたようにアリーナの瞳に魅入《みい》った。隙をついて彼の腕を振り払い、自室の方角へと駆ける。部屋に飛び込んで、内鍵さえかけてしまえば手出しできまいと思ったのだが、ファルコの行動は早かった。

　屋敷内に入ったところで、右の二の腕を摑まれる。ぐんっと後ろに引っ張られ、壁に背中を押しつけられると、次の瞬間には左右を太い腕で塞がれていた。

「逃がさない」

　斜め上から注がれる声には、怒気というより焦燥が滲んでいる。

「言ったはずだ。おまえを拐ったのは、一生、面倒を見るつもりがあったからだと。簡単に手放しはしない。この俺から離れていくなど、許さない！」

　思わずゆるりと見上げると、余裕のない表情が間近にあった。身構えるまでもなく唇を奪われ、生温かい舌に口内を乱されて、アリーナはたちまち甘い声をこぼす。

「ん、ンん……っ」

　激しく責め立てるような口づけに、目眩がした。

　当初『逃がしはしない』と告げられたときは、絶望感しかなかったのに。あれほど嫌悪した人の独占欲なのに、こんなにもうれしいなんて……。

「……っ、は」

「俺のものだ。俺だけの……聖域だ。どこへもやらない」

熱っぽい唇が頬に触れたかと思うと、厚みのある手がワンピースの上から右胸を掴んだ。

同時に、脚の付け根を膝でぐっと押し上げられて「あ」と声がうわずる。

「あ、ファルコ」

慌てて胸板を叩いたが、つま先立ちの状態では強い腕から逃れられる道理はなかった。

胸と割れ目を布越しに捏ねられると、アリーナの吐息はみるみる不規則になっていった。

「ふぁ、は……ああ、っんぅ……う」

こぼれた声を閉じ込める口づけは、声まで逃がさないと言われているかのよう。

(逃げられるわけがないのに)

目を背けていても、こうして背を向けて飛び出してきても、頭はファルコでいっぱいだ。

アリーナの心はすでに彼の手中にあって、彼の意思ひとつで簡単に潰してしまえる。

「アリーナ……」

両胸を捏ねる手に先端を探し当てられ、衣服ごときゅっとつままれるのがやけに快い。

「うう、ぁ」

そうしている間も、脚の付け根に押しつけられた膝はひっきりなしに揺れていた。

花弁の内で敏感な粒が逃げるたび、きゅうっと下腹部全体が震えて縮んで、けれどもどこからか溶け出すような、未経験の快感が理性を崩し去る。

「ん……ふ、ぁ、んん」

キスで唇を塞がれ、喘いで発散できないぶん、アリーナはねっとりとあふれ出した己の欲に、すぐに気づかされることになった。

「……ファ、ルコ」

もっと欲しい。触れられたい。側にいたい。何を考えているのか、何をしようとしているのか、どうやって生きてきたのか、彼のすべてを理解したい。

いや。

ただ知りたいだけじゃない。自分だけが。自分ひとりが特別に、何もかもをさらけ出してもらえる存在になりたかった。唯一、彼の深い部分に触れる許しを、得たかった。

好き、だから。

(どうしよう。わたし、本当にファルコに……恋しているのだわ)

知らず知らずアリーナの腕は太い首に絡み、引き寄せていた。彼の頬を内から舐めて応えれば、さらに強く壁に背中を押しつけられ、全身をまさぐられる。

焦れて荒っぽくワンピースの胸もとをずり下げ、乳房を露出させる手まで恋しかった。

「ん、くふ……っ」

がっしりした手が直接、胸の膨らみを摑んで持ち上げる。つんと勃った先端を頬張られると、脚の付け根を押し上げる強さもぐんと増した。

「ふ、ぁっ、ん、ん」

ああ、もう、言葉にならない。

際限なく湧き出した愉悦と愛しさが、入り混じっていっぺんに噴き出してくる。

「う、んんっ……ん――！」

ぶるりと身を震わせて、アリーナは軽く達した。

溜まって弾けた快感はいつも、絶頂の瞬間に深い安堵と眠気に変わる。水あめに絡め取られているような気怠さに抗えず、ファルコの胸にことんと頭を預けたら、左の側頭部にそっと口づけられた。

「……きれいだ」

ふうっとこぼれた息に含まれる、欲を抑えたような響きにぞくっとする。

「うそです……」

きれいだなんて、ただの気まぐれだ。でなければご機嫌取りだろう。

今のアリーナは愛人として、そして婚約者役を務める者として利用価値があるから。だから、彼は機嫌を取っているだけ。

そう思っていなければ舞い上がってしまいそうで怖いのに、ファルコは続けて言う。

「いや、俺にとってのおまえは、初めて出会ったときからずっと、この世でもっとも『きれいなもの』だった。おまえの身に何があろうと、何を考えていようと――きれいだ」

どうしてそんなふうに言うのか。

このままでは溺れてしまう。引き返せなくなる。

前髪を分けて額に唇を押しつけられ「きれいだ」ともう一度囁かれると、アリーナの瞳には切なく涙が滲んだ。信じたらだめ、なのに、うれしい。

——すきよ。……好き。

冷酷で秘密主義かと思えば毎朝花を届けに通ってきたり、本を貸してくれたり。そうして態度を軟化させたかと思えば、強引に翻弄したあげく、きれいだなんて甘く囁く。

足掻けば足掻くほど、搦《から》めとられて動けなくなる蜘蛛の糸みたいだ。

「ひどい人……」

ぽつりと嘯《うそぶ》くと、意外にもファルコは脱力したように笑った。

「こんな俺でも、人にしてくれるのか」

「え？」

「最初は『人でなし』だった」

そういえば、処女を奪われた晩にそんなことを言った。

つい最近の出来事なのに思い返せば懐かしくて、アリーナもふっと笑ってしまう。

「そういうところが『ひどい』んです」

「こちらこそ、おまえのそういうところが——」

ファルコの指が、頬をするりと撫でる。

「俺に、崇めるだけではいられなくさせるんだ」

ぞくっとして身をよじると、ゆっくりと、柔らかな笑顔が降りてきた。

焦点が合わなくなってから瞼を下ろすと、慈しむように唇をついばまれる。もっと心をゆだねていいと言われているようで、これまでで一番穏やかで優しいキスは、生まれたての恋を切なく疼かせた。

もうすぐ満ちる月だけが、ふたりを静かに見下ろしていた。

＊

ファルコのもとに、ロドヴィーゴからの書簡が届いたのは翌週だ。

ナポリの邸宅でパーティーを開くため、婚約者とふたりで出席してほしいという。

(『伯爵』に尾行を警戒されたと悟って、別の手段に打って出たか)

パーティーなどという人目の多い場所で、ロドヴィーゴが「キアラ」……アリーナに表立って危害を加える可能性は低いだろうが、なんの思惑もなしに、出会ったばかりの田舎者たちをあのプライドの塊が邸宅に呼ぶとは考え難かった。

ロドヴィーゴはまちがいなく、アリーナとの接触を目的にパーティーを計画している。

狙いどおりの展開ではあるが、今のファルコにとってアリーナに危害が及ぶのは望むところではなかった。最大限警戒し、アリーナの側には信頼できる部下を置かねば。

そしてナポリにいる構成員たちを会場に送り込んで備えようと、心の中で算段しながらネクタイを締め、部屋を出る。

「あ、ファルコ！」

そこに、籠《かご》いっぱいのオレンジを持ってアリーナが駆けてきたから「今度、またパーティーに出席してくれないか」と早速、誘った。

「やはり婚約者役、ですか」

「ああ。帰宅したら詳しく話す。これから、先代首領を訪ねる用事があるんだ。すこし待たせるが、許せ」

「……まあ」

口もとに手をあてた彼女は驚きの表情だ。意外だったのはファルコのほうから行き先を明かされたことか、詫びを入れられたことか。

彼女の籠からオレンジをひとつ摑み「行ってくる」と告げると「はい」とうなずいたあと、アリーナは紅潮した頰でふわっとうれしそうに笑った。

「いってらっしゃい、ファルコ。気をつけて」

部下でも使用人でもない相手からそんなふうに送り出されるのは久々で、頰が緩む。

気のせいでなければ、夕食会の夜以降、ファルコはアリーナとの距離が縮まったように感じていた。同様に想い返してもらえていると思うほど自惚れてはいないが、憎からず思われていなければ、あれほど情熱的にキスを返してもらえはしないだろう。

いっそ今夜は強気でベッドに沈め続け、素直にうなずくまで耳もとで俺が好きだろうと囁き続けてやろうか。あるいはひとりでは何もできなくなるほどひたひたに甘やかして、ファルコなしでは生きられぬようにしてしまおうか。

いい気分で黒塗りの車に乗り込み、バジリオの運転で向かったのはカルタジローネという街だ。中世アラブの砦を残した街並みは、ほうぼうを名産であるマヨルカ陶器で飾られ、異国情緒に満ちている。

「先代、ご無沙汰しております」

訪ねたのは、先代首領が所有する別荘だった。バロック調の荘厳な邸内には葉巻の匂いが染み付いており、頭を深々と下げながらかすかな緊張感に肌がびりっと沁みた。

「先代におかれましては……」

「ああ、いい。堅苦しい挨拶はいらん。呼び出したのは俺だ。まあ飲め」

居間に通されると同時に強い酒を勧められ、礼儀として残さず呷る。こうなることがわかっていたから、空腹のままやってくるのは避けた。

「ご馳走様です。さっそくですが、ロドヴィーゴへの報復に関し途中経過のご報告を」

ファルコが、ロドヴィーゴからパーティーの招待状が届いたと告げると、先代はグラスを傾けながら「ファルコ」と目を細める。

「わかっているだろうが、しくじるのは一度で充分だ。二度目はない」

パレルモの路地裏でせっかくの情報源を撃ち殺された件を言っているのだ。長として守備を誤ったのはファルコであって、部下であるバジリオのせいにはできない。

「肝に銘じます。先代の御為、己の信念のためにも、本丸ロドヴィーゴを早々に始末してご覧にいれましょう」

「それでいい。俺というより、俺の息子たちのためだがな」

息子たち。いったいどういうことなのか。

返答しかねて黙っていると「実はな」と先代は嗄れた声で言う。

「俺の長男と次男は、あのロドヴィーゴ・ルチアーノにたぶらかされて死んだのだ」

それは、これまで決して先代が口にしなかったロドヴィーゴへの遺恨にちがいなかった。

『カルマ』一家の者たちは皆、先代がロドヴィーゴに恨みがあるということだけは把握していても、詳細となると誰も知らない。先代が『カルマ』の屋敷にいた頃は、その疑問を口に出すことすら禁忌という雰囲気があった。

ひょっとすると、あのバジリオでさえ知り得ぬ真実かもしれない。

コクリと息を呑み、ファルコは慎重に尋ねる。

「仔細《しさい》を、お聞きしても？」

ああ、と先代は深くうなずいた。

「息子たちは――上のふたりは、末息子のフェデリコと比べて頭の出来が良かった。おおかた、死んだ家内に似たんだろう。だからマフィアとは無関係の世界で身を立てるべきだと思い、遠方の大学へやったのだ。そこでまんまと、あの狡猾な男に目をつけられた」

どうやらロドヴィーゴは十年ほど前、表社会で幅を利かせるだけでは飽き足らず、裏社会も牛耳ろうと画策していたらしい。

そこで見つけたのが『カルマ』の首領の息子たちだ。素性を知らぬふりをして近づき、やがてルチアーノ財閥に引き入れ、裏で先代に揺さぶりをかけていたのだという。

息子たちが可愛ければ、俺の言うことを聞け、と。

「では『カルマ』は、かつてロドヴィーゴの手先として存在していたと……？」

「おまえが門を叩いたときには、すでにな」

残酷な真実に、ファルコの額を冷や汗が伝う。

構成員たちが皆、先代の恨みの詳細を知らないはずだ。

マフィアは無法者として社会から弾き出され、表社会を憎む者たちの集団だ。実は表社会の華である財閥の駒になっているなどと、誰が言えるだろう。

「とはいえ、俺も黙ってその状態をよしとしたわけではない。フェデリコの代にまで、この悪習を引き継ぐわけにはいかないからな。長男たちをロドヴィーゴの目の届かない場所に逃がそうと、画策したのが半年前だ」

「半年前、ですか」

「ロドヴィーゴのやつ、すぐに嗅ぎつけたよ。逃がすくらいなら利用してやろうと、息子たちと商売敵を同時に始末しやがった。息子たちは……海賊を装ってとある貿易会社の船を奪取させられたあと、証拠隠滅のために船ごと沈められたのだ」

半年前。海賊。貿易会社。船。沈める——それはファルコが知っている痛ましい事故と、あまりにもよく符合していた。

——まさか。いや、こんな偶然があっていいわけがない。

どくどくと脈が騒ぐ。

「その貿易会社の名前を、先代はご存じですか」

「さあ。そこまで覚えちゃいない。だが、ルチアーノ財閥が同じ港に船会社を出し、シェアを奪おうとしたが敵わなかった相手だと聞いた。正攻法では勝てぬと悟って、腹いせも兼ねて潰したんだろう。ああ、そうだ、ビ——ビアなんとかという商会だったか」

まちがいない。ビアンキ商会の船だ。

ファルコの母を殺したのもロドヴィーゴなら、アリーナの両親を死に追いやったのもロドヴィーゴ・ルチアーノだった。それも、先代首領の息子でありフェデリコの兄ふたりを海賊行為に加担させたうえ、海に沈めた——。

（あの、鬼畜が……ッ）

帰宅後、ナポリにいる部下に事実関係を探らせると、すぐに証拠となる書類が届いた。

半年前に貿易船が沈没したとき、同じ海域にはルチアーノ財閥が経営する船会社の船が出ていた。そしてビアンキ商会の船に積まれていたはずの品を、その後、取引に出している事実も判明した。天下のルチアーノ財閥には誰も歯向かえまいと、ロドヴィーゴは証拠の隠滅にさほど注意を払わなかったのだろう。

世間を舐めきった杜撰《ずさん》さからして、反吐が出る。

「……ッ！」

燃え上がる怒りに耐えきれず、ファルコは書類を握りしめた手で部屋の壁を打つ。

もっと早くにロドヴィーゴを殺せていたら。あの男さえ早々にこの世を去っていれば、アリーナの両親もフェデリコの兄たちも生きていたはずだ。

アリーナを、路頭に迷わせることも悲しませることもなかったのに！

（やはりこれ以上、アリーナを復讐に関わらせるわけにはいかない）

両親を殺めたのがロドヴィーゴと知れば、アリーナが憎悪を抱くのはわかりきっている。

最愛の両親を殺されたのだから、容易には許せるはずがない。

だが、あの清廉な魂《たましい》が己と同じような憎しみに染まり、また、のたうちまわるほどの悔しさと苦しみに苛《さいな》まれるのかと思うと耐え難かった。

アリーナには、いつまでも素直に笑っていてほしい。憎悪に身を焦がすのも、罪に手を染めるのも自分だけでいい。

——奴を牢獄に放り込み、絶望とともに死を与える計画はなしだ。もう悠長にはしていられない。パーティーの晩に、この手で始末してやる……!

そのとき、ファルコは芽生て間もない恋に蓋をした。

そもそも復讐を成し遂げねばならぬ身で恋にうつつを抜かすなど愚かだったのだ。

今のファルコにできるのは、一刻も早くロドヴィーゴを殺し、彼女が「キアラ」として狙われる危険をなくしてやることだ。もともとその危険を招いたのはファルコなのだから、始末をつける責任がファルコにはある。

当初は——。

アヘン中毒の彼女を放っておくわけにはいかないと思った。だから、チェファァルーの屋敷に拐っていった。一生面倒を見るつもりだった。

だが、あの様子ならば心配はいらないだろう。

アリーナはきっと、姉とふたりで力を合わせてしあわせに生きていってくれる。

慎ましく穏やかに暮らすアリーナの姿を想像すると、胸に優しい安らぎが広がった。たとえこの手が届かなくなっても、彼女さえ平穏無事でいてくれたらいい。

込み上げる切なさを押し殺し、ファルコはいっとき瞑目してアリーナの幸せを祈った。

6　運命の歯車はかくも回りき

アリーナが張り切って差し入れたブラッドオレンジひとつを片手に、ファルコはいっとう上等なスーツ姿で出かけていった。戻ったら詳しく話すと言われていたからアリーナは待っていたのに、ファルコは夕方に帰宅するなり書斎にこもってしまい、数日後、ようやく顔を合わせると「パーティーに出席する予定は中止だ」とそっけなく言った。

「パーティー、行かれないのですか？」

「いや、俺だけで行く。婚約者ごっこは終いだ。パーティーに限らず、今後一切、俺と行動をともにしなくていい」

黒い瞳はアリーナを見ない。夕食会の晩、物柔らかに笑んでいたはずの表情は硬く、容易に触れてはならないような冷たさにアリーナは戸惑った。

「ど、どうしてですか」

「役目は終えたと言っているんだ。愛人として振る舞うのも金輪際やめろ。だが、これからも不便な生活はさせない。リラとふたり、この屋敷で終身暮らせるよう取り計らおう」

「ちょっと待ってください。それではまるで、手切れ金……」

「そう思ってくれてかまわない」

あまりにも唐突な変化を、受け入れることはできなかった。

婚約者役は終わり？　愛人としてもいられない？　月の下で慈しむような口づけを受けたとき、わずかでも近づけたと思ったのに……側にいたいのに、どうして。

「ファルコ」

思わず彼の腕を掴んだが、面倒そうに振り払われた。

「待って、ファルコ！」

呼びながら屋敷の外まで追いかけたものの、ファルコは振り返るどころか立ち止まりもしなかった。バジリオの運転する車に乗り込み、出かけて行ってしまう。

「ファルコ……っ!!」

遠ざかる黒塗りの車を見つめ、立ち尽くすしかなかった。

(わたしのこと、一瞬も見なかった)

夕食会の晩に口にした、逃がさないという言葉は嘘だったの？　きれいだと囁いてくれたのに。大切にされている実感が、あのときは確かにあったのに。

ようやく心まで触れ合えたと思ったら一気に引き離されて、アリーナにはまた、ファルコの考えがさっぱりわからなくなった。いや、これではまるで、一生わかり合えない存在になってしまったかのよう。

門の手前で愕然としていると「アリーナ？」と背後から声をかけられる。リラだ。振り返ると姉は膝にミモザの花束を載せ、車椅子をひょろ長のナターレに押されていた。

「どうしたの？　ファルコさま、今日もお出かけなの？　最近、お忙しそうね」

「姉さま……」

見慣れた笑顔にほっとして、目の前が涙で歪む。

――だめ。泣いたら不審がられるわ。

「ね、姉さまこそ、ナターレさんと一緒なんて珍しいわね」

気丈に問い返したつもりだったが「こら」とリラはむくれ顔になった。

「アリーナ、何か隠しているでしょう。私の前では無理をして笑わないで、きちんと理由を話しなさい。私はあなたの姉なのよ？」

相変わらず華奢な体格だが、その態度には以前はなかった貫禄《かんろく》があって、アリーナは耐えきれず、先ほどの出来事を姉に打ち明けた。

「……そう。絶対に、何か事情があるわね」

リラははっきりとそう言い切った。

アリーナがファルコに恋していると知ったのに、驚くそぶりもなかった。それどころかアリーナが自覚する前から恋心の存在に気づいていたかのような顔で、アリーナは安堵するやら拍子抜けするやら、一瞬ぽかんとしてしまった。

「ナターレさん、ファルコさまに何があったかご存じない？」

「えっ」

突然水を向けられて、ナターレは気弱そうな猫背をぴんと伸ばす。

「や、おれは下っ端っすから、ドンのお考えなんてわからねえっすよ」

「まあ。それは花束と引き換えに、私とお庭を散歩したいと申し出た人の言葉かしら」

「そっ、それは……もちろんリラさんのためなら教えて差し上げたいっすけど、おれがドン・ファルコについて知っていることといえば、六年前にここに来た経緯と、ロドヴィーゴ・ルチアーノに復讐するつもりだってことくらいしか」

復讐。剣呑な言葉にぎくりとしたアリーナの前で、リラは眉をひそめる。

「ロドヴィーゴ・ルチアーノって、あのルチアーノ財閥の会長よね？　どうしてファルコさまが財閥の会長に復讐なんてしたがるの？」

「すんません。おれも、おふたりの詳しい関係までは知らねえんす。でも、ドン・ファルコがルチアーノ会長に身内を殺されたってのは『カルマ』の構成員なら、誰でも知っている話っすよ」

「身内を殺されたですって……？」

「はい。母親を崖上から海に突き落として殺されたあげく、その罪を着せられて投獄されたって。しかもルチアーノ会長はドン・ファルコが釈放されないように、司法に圧力をかけてもいたみたいっすね。判事も証言者もグルだったとか」

予想もしていなかった惨たらしい事実に、アリーナは思わず口もとを両手で覆った。

ファルコの母親が、ロドヴィーゴに殺されていた……知らなかった。

獄中で鞭打たれ、苦痛に喘いだ記憶が風の音で蘇るという話は聞いていた。だが、まさか、無実の罪で投獄されていたとは思いもしなかった。

では、もしかして彼の黒づくめの服が『喪服』なのは、亡くなった母親のため……？

リラも同様にショックを受けた様子で、唇を押さえ言葉をなくしている。

(ああ、でも、やっとわかったわ)

ファルコがロドヴィーゴを前にするたび、震えるほど怒っていたのはなぜなのか。

リラが廊下の窓から飛び降りようとしたとき、激怒して説教した理由も。

突き落とされて亡くなった身内がいるのに、自ら飛び降りて死のうという人間を許せるはずがない。

「ありがとうございます、ナターレさん。あとは自分で、ファルコに直接聞いてみます」

取り合ってもらえないかもしれないが、できればこれ以上は彼の口から聞きたかった。

「いやいや」とナターレは恐縮したように顔の前で手を振る。

「すいやせん、大してお役に立てなくて」

「そんなことないです。……姉さま、わたし、ファルコの帰りを待ってみるわ」

「ええ、それがいいわ。頑張るのよ、アリーナ」

こうしてアリーナはファルコの部屋の前で彼の帰りを待ったが、昼になっても日が暮れても、部屋の主は戻ってこなかった。今夜は外泊するのだろうか。どこで、……誰と？

安い勘繰りをしそうになって、ふるふるっとかぶりを振った。

（今心配しなくちゃならないのは、そんなことじゃないわ。わたしたちを尾行してきた人間を、ロドヴィーゴの手先にちがいないとファルコは言ったわ。おそらく、もう復讐劇は始まっているのよ。そしてロドヴィーゴもまた、ファルコを警戒している……）

すると、どこかで彼が怪我をしていないか、無茶をしていないか、無事に帰ってくるのか心配で、アリーナはファルコの部屋の前にしゃがみこみ帰りを待ち続けた。

――復讐なんて、やめさせなければ。

どれほどロドヴィーゴが憎くても、復讐に身を捧げるなんてまちがっている。憎しみは憎しみしか産まない。亡くなったファルコの母親だって、こんな未来を望んでいるとは思えない。

「アリーナさま」

夜も更け、肌寒さに一旦上着を取りに戻ろうと考えていると、アダがやってくる。

「ここは冷えます。ドン・ファルコをお待ちなのでしたら、室内にお入りください。ドン・ファルコの帰宅に備えて、オイルヒーターをおつけしますので」

「いえ、でも、留守の間に彼の部屋へ入るわけにはいきませんし」

「お入りください。ドン・ファルコには、アリーナさまが体を冷やしたりなさらぬよう気を配るようにと、前の屋敷にいた頃から申しつかっております」

「前の屋敷にいた頃から……?」

「はい。メイドとして採用していただいたときから……もちろん、本日お出かけになる前もです」

ああ、とため息まじりの声が落ちる。

突き放すようなことを言っていたのに、ファルコは陰ではアリーナに気を配ってくれていた。当初から変わらず大切にされていた事実に、胸がじんと熱く痺れる。

やはり、ファルコはファルコだ。アリーナがすこしずつ見つけた、確かに触れたと感じたファルコの優しい素顔に、まちがいはなかった。

「お入りください。アリーナさまが風邪でも召されたら、私が叱られますから」

今度は素直にうなずき、ファルコの部屋に入った。

書斎よりやや華やかな室内にはソファセットとテーブル、書架、それから続き部屋にベッドがとサイドテーブルがあり、アダは両方の部屋にオイルヒーターをつけると一礼して出て行った。

(……ファルコの匂いがする)

いつも、ファルコはここでくつろいでいるのだろうか。暖炉にあたって、本を捲って？　想像すると、彼の姿はすんなりと景色に馴染んでアリーナの胸をときめかせる。

なんとなく落ち着かなくてそわそわうろついていたら、ベッドのサイドテーブルの上に置かれていた紙の束がばさばさっと音を立てて絨毯の上に落ちた。

「ああ、いけない……っ」

大切な書類だったらまずい。慌ててしゃがみ込んで拾い集める。そしてそれをサイドテーブルの上に戻そうとしたものの、アリーナはふと手を止めた。紙に綴られた文章の中に、ビアンキ商会という名前が見えたからだ。

――どうして、ファルコ宛の手紙に父の経営していた会社の名が書かれているの？

勝手に読んではならないと思いながらも、視線は先へと向かってしまう。

ビアンキ商会経営者夫妻が乗船していた貿易船の航路上に、ルチアーノ財閥の船会社に属する貿易船あり――ロドヴィーゴの指示により海賊を装って襲撃――積荷を強奪後、乗組員と襲撃要員を口封じのため船ごと海へ沈め――それ以上は、読めなかった。

「う……っ」

焼けるような喉の痛みに、涙がぼろぼろとこぼれる。

父と母は、不運な事故で亡くなったのではなかったのか。ロドヴィーゴに殺された？

そして乗組員たちは、単なる口封じのためだけに父と母の道連れになった。

（なぜなの。なぜ、ビアンキ商会がロドヴィーゴに狙われなければならなかったの）

いや、単純な話だ。ルチアーノ財閥は六年前、ビアンキ商会と同じ港に船会社を出してきた。市場のシェアを奪うつもりだったのだ。

だが根っからの商人だった父の手腕に、ロドヴィーゴは六年をかけても勝てなかった。

だから力づくで奪うという強硬手段に出た。

「許……せない」

父も母も良き親で、善人だった。敬虔で、潔白で、商売に誇りを持っていた。じりじりとルチアーノ財閥に追い詰められながらも、家庭内では笑顔を忘れずにいた。

私利私欲しか頭にない外道に殺されていい理由なんて、ひとつもない。

犯人が……ロドヴィーゴが今ものうのうと財閥の会長をしていると思うと、吐き気がする。引きずり下ろしてやりたい。罪を白日のもとに晒して、糾弾してやりたい。

（いいえ。法に訴えたって、あの卑劣な男に正当な裁きは下されやしないわ）

なにせファルコを無実の罪で牢獄に放り込んだ男なのだ。

いっそ、父や母と同じように海に沈めてやりたい。父と母が味わった苦しさを、同じように味わわせてやりたい。だが、父や母、乗組員たちが眠る海にあの卑劣な男を一緒に眠らせたくはなかった。

すると、頭に浮かんだのは路地裏で力なく倒れた髭の男の姿。

そうだ。あの嫌みったらしい顔に銃口を突きつけてやりたい。

引き金を引いて、銃弾を打ち込んでやりたい。

この手で息の根を止めてやりたい――いいえ。

(何を考えているの、わたし)

いっとき頭を支配した残虐なイメージに、遅れてぞっとした。

人を殺めたいなどと、絶対にまちがっている。それでは、父と母の命を奪った男と同じところまで堕ちてしまう。憎しみに憎しみを重ねていっても、未来は拓《ひら》けない。だからこうして、ファルコを止めようとやってきたのではないか。

だが一度浮かんだイメージは消えないどころか、みるみる膨れ上がっていく。

――殺してやりたい。苦しめてやりたい。自ら死を望むまで痛めつけてやりたい……!

これほど醜い感情が己の中にあったなんて思いもしなかった。

復讐に身を捧げるなどまちがっている?

そんなの、きれいごとだ。

「う……あぁ……っ!」

父と母が復讐を望んでいなくてもかまわない。

この手であの男を殺す。殺して、地獄に堕としてやらなければ気がおさまらない。

慟哭し、復讐を誓うアリーナは、アダが部屋の外でその声を聞きながら不安げに眉を寄せていたことにすこしも気づかなかった。


それからアリーナはひとり密かに、パーティーに向けて準備をした。

恐らく、ファルコが突然アリーナを遠ざけたのは、アリーナの両親を殺したのがロドヴィーゴだと判明したからだろう。ファルコのことだから、アリーナが自分と同じく復讐に身を焦がさぬよう、ひとりでロドヴィーゴを討ち取ろうとしているのだ。

だが残酷な事実を知ってしまった以上、アリーナが黙っておとなしくしていられるわけがなかった。

まずは現地までの運転を内緒でナターレに頼み、着替えやドレスをトランクにまとめる。

拳銃は、駄目でもともとバジリオに「護身用の拳銃が欲しいのですが」と申し出たところ、快く与えてもらえた。部外者に武器を与えるなんて危険だと反対されるかと思ったのだが、かえって「私がファルコさまに許可を取っておきます」と気遣われて、拍子抜けしてしまった。

唯一躊躇したのは、姉にまた嘘をつくことだ。

屋敷の掃除係だなどと嘘をついて、酷く傷つけたばかりで、同じ過ちを繰り返したくはなかった。それでも、両親が事故ではなく殺されていたなんて、知らずにいられるのなら知らないほうがいいに決まっている。

だから「ファルコと現地で合流する約束になっているの」と嘘の説明をして、ナポリまで二泊三日の道のりを出発したのだった。

(ファルコの婚約者を名乗って会場に入れてもらって、復讐のチャンスを窺うわ)

ファルコがロドヴィーゴに銃口を向けるのなら、一緒に引き金を引く。いや、彼が手を下さなくても自分が下す。この手を血で汚す覚悟はもう、できている。

こうして迎えた、パーティー当日——。

「申し訳ありませんが、招待状がない方にはお入りいただけません」

「そんな。わたし、怪しい者ではありません。ボルセリーノ伯爵の婚約者ですっ」

懸命に訴えたものの、アリーナはあえなく門前払いを受けた。

ビアンキ商会がかつて開いていたパーティーは、いつも来るものは拒まずといったスタンスだったから、甘く考えていた。招待状がなくても、名乗りさえすれば会場に入れてもらえるかもしれないなどとどうして思ったのだろう。ルチアーノ財閥は上流階級の中でも別格の名門だというのに。

「アリーナさま、パーティーは断念なさってホテルに戻られてはいかがですか」

伴をしてきたアダにそう促されたが、ここまで来て諦められるはずがなかった。すぐ近くに父と母の仇がいるのに、手も足も出せず引き返すなんてできない。

「アダは車に戻っていて。メイドは会場内まで同伴できないのよ」

「ですが、私はアリーナさまをお守りするようドン・ファルコから申しつかっております。今夜はホテルに戻り、明日、シチリアへ向かって帰路につきましょう」

まるで、最初から門前払いを見越してここにいるかのような口調だ。

いや、そうなのかもしれない。アリーナは、本当はアダを姉のもとに置いて来ようとした。屋敷に残って、姉を守ってほしかったのだ。が、アダがどうしてもアリーナに同行すると言って譲らず、先にナターレの車に乗り込んでしまったから、連れて来ないわけにはいかなかった。

(門前払いを予想していたなら、出発前に止めてくれればよかったのに……。ううん、それではわたしの気がすまないと予想したのかしらね。ごもっともだけれど)

諦めきれないアリーナが、さてどうルチアーノ邸に潜入しようかとしつこく思案していると「おや、キアラ嬢ではありませんか」と声をかけられる。

派手な金髪に垂れた目尻、嫌みなまでの色気の男は……ロドヴィーゴその人だった。まさか真っ先に出くわすとは思いもしなかった。どくんと脈が乱れる。

「シチリアから遠路はるばる、ようこそお越しくださいました。どうぞ、お入りください。ボルセリーノ伯爵はご一緒ではないのですか？」

「いいえ。彼とは、こちらで落ち合う約束になっていて……」

この男が、父さまと母さまを殺した外道——血液が逆流するような激情を、懸命に抑える。指先が震えて、ハンドバッグを持つ手に妙な力がこもる。許せない。飛び掛かって、今すぐに銃口を突きつけてやりたい……！

ああ、ファルコはこうしてこの男の前で憎しみを噛み殺していたのか。

するとロドヴィーゴはかすかに口角を上げて言う。

「キアラ嬢おひとり、ということですか。それは大変都合がいい」

「え？」

「いいえ、こちらの話です。ではボルセリーノ伯爵が到着なさるまでの間、この私がエスコートいたしましょう」

指輪だらけの手が差し出されると「キアラさま」とアダがアリーナの腕を引いた。行くべきではないと言いたいのだろう。それでもアリーナはアダに背を向け、憎い男の手に掴まった。

「車に戻りなさい、アダ」

「ですが」

「これは命令よ」

「……はい」

メイド服のアダは悔しそうに唇を噛んで頭を下げる。

「では参りましょうか、キアラ嬢」

「ええ。よろしくお願い申し上げます」

大勢を残忍な手口で殺し、ファルコを陥れた男の手になど本当は触れたくもなかった。エスコートなんて虫唾《むしず》が走る。

だがアリーナはすべての感情を呑み込み、唇を噛んでロドヴィーゴの横を歩いた。

──今はまだ、そのときではないわ。

太ももに忍ばせた拳銃に、密かに注意をやる。

「ところでキアラ嬢、先日おっしゃっていた調査は進みましたか？」

「調査ですか？」

「血縁のお父さまの素性を探っておられるとか」

そうだ。『キアラ』は己の父親が誰なのかを調査している途中で、ロドヴィーゴもそれを知っているのだった。

「いいえ。残念ながら、まだ……。父に会えたら、どんなにうれしいだろうと期待しているのですけれど、今は空想するばかりですわ」

無難な受け答えをしたつもりだった。だが、ロドヴィーゴは「へえ」とかすかに歪んだ笑みを浮かべる。さも、アリーナの返答を馬鹿にするかのように。

「早く見つかるといいですね。本当に捜しているのであれば、ですが」

「どういう意味ですか」

尋ねたが、彼はすれちがった招待客に「どうも」と挨拶をし、続けてボーイに「例のカクテルを頼む」と声をかけ、アリーナの問いに返答しなかった。

ロドヴィーゴがふたたびアリーナに話しかけてきたのは、バルコニーに出てからだ。

「今夜は月が恐ろしいほど赤いですねえ。まるで、ブラッドオレンジを割ったようです」

夜の闇はすでに深く、ロドヴィーゴの言うとおり、赤みを帯びた満月が浮かんでいる。その均整の取れた円形に、いつか、ファルコが傍らに置いていたオレンジのいびつさを思い出して恋しくなる。

不思議だ。形というのは歪めば歪むほど、唯一無二になる。

「……そうですね」

「こんな夜は月に誘われて、うっかり高い場所から転落する――などという事故が起こってもおかしくはありませんね？」

揺さぶりをかけるように言われ、アリーナはぱっと視線を逸らしてしまった。崖上から突き落とされたというファルコの母親の死が脳裏をよぎって、耐えきれなかった。

いけない。不自然だったかもしれない——いや、怖気づいてはいけない。

「こ、怖い話を、なさるのですね」

平成を装って返答したものの、かえって不自然になったのはロドヴィーゴの得意げな表情から察せられた。

「おや、声がうわずっていらっしゃいますね。何か思いあたる節でも？」

「いえ、そんなことはありません」

「なんでもないという顔ではないでしょう」

「ほんとうに、なんでもないんです」

「ごまかさず教えてください。もしや誰か、身近な人間が愚かにも身を投げて死んだ覚えがおありなのでは——」

「やめてください!!」

姉が身投げしようとした瞬間が脳裏に蘇って、声を荒らげていた。愚かだなんて、この人には言われたくない。ロドヴィーゴは「ほう」とあざとく両目を細める。

「その取り乱し方からして、もう見当はついているのでしょう？」

「……え？」

「父親の素性ですよ。あなたは亡くなった母親から、父親の存在を知らされていたのではないですか。だから私の前に現れ、その母親譲りの稀有な瞳の色を見せつけ、父親について調べているなどと言って揺さぶりをかけてきた。そうでしょう」

この瞳の色が、母親譲り？　何を言っているのだろう。父親に見当がついたら、なぜ、ロドヴィーゴに揺さぶりをかけなければならないのか。

「目的は財産分与ですか？　それとも、復讐ですか？　どちらにせよ、どうして今になって動き出したのか、気になるところですね」

復讐という言葉に、思わず息を呑む。もしや、見破られているのでは。アリーナがビアンキ商会の経営者夫妻の娘であり、復讐を果たすためにここにいることを。

いや、挑発に乗ってなるものか。

「何をおっしゃっているのか、わかりかねます」

今度こそ堂々と、にっこり笑ってみせた。

そこにカクテルが運ばれてきて、アリーナはロドヴィーゴから視線を離さぬままグラスを受け取った。油断は絶対に、しないつもりだった。しかし、

「ああ、手が震えていますね。すこし飲まれては？」

そう言われて、カクテルグラスを見てしまったのがいけなかった。ロドヴィーゴは一瞬の隙をつき、ずいとアリーナに迫る。腰を抱かれ、顔を覗き込まれ、アリーナは驚きと恐怖で表情を繕えなくなる。

「は……放して……っ」

「あなたのドレスの下に物騒なものが隠されていないか、調べ終わったら放しましょう」

強引な掌にいやらしく腰を撫でられ、アリーナは嫌悪のあまりもがいた。

「やめて！　人を呼ぶわよ……っ」

「残念。誰も助けには来ませんよ。私が女性を連れてバルコニーに出たときは、決して近づかないのが不文律です。皆、私の機嫌を損ねて人生をふいにしたくないでしょうから」

カクテルグラスが指をすり抜け、パンっと足もとで割れる。ドレスの裾にカクテルがかかり、ハイヒールの爪先がじわりと冷えた。

――どうしよう。どうにかして、ロドヴィーゴを怯ませる方法はないの!?

拳銃を庇いながら必死でもがいていたときだった。「ルチアーノ会長」と、聞き覚えのある声がバルコニーに投げ込まれる。

「私の婚約者に何かご用でも――と尋ねるのは、二度目ですね」

室内の明かりに浮かび上がる、肩幅の広いシルエット。それだけで、見まちがえるはずがなかった。

「ファ……ルコ」

ひとりでも復讐を遂げようと思っていたはずだ。彼に頼るつもりはなかった。それなのに、歩み寄ってくる燕尾服の長身にほっとして、膝から崩れ落ちそうになる。

「ここにいたのか、キアラ。入り口で待てと言っておいたのに」

というのは、彼のとっさの嘘にちがいない。

「お戯《たわむ》れはそれくらいにしてやってください、ルチアーノ会長。彼女、お遊びには免疫がないのですよ。なにしろシチリアの田舎娘ですから。……では、失礼」

体を横抱きにする格好でロドヴィーゴの腕から奪われ、じわっと涙が滲んだ。ファルコ……ファルコ。夢ではない。本物のファルコだ。また、助けてくれた。

招待客たちの視線を浴びながら廊下へ連れ出され、駐車場にやってきたところでアリーナはファルコの胸にしがみついてしゃくり上げた。

「か、勝手に乗り込んできてしまって、ごめんなさい……っ、だけど父さまと母さまが、あの男に……わたし、わたし、どうしても許せなくて……！」

「ああ、アダから聞いている。知ってしまったのだろう？　ビアンキ商会の船を沈めたのが、ロドヴィーゴだと」

「……っ、寝室にあったお手紙を読みました……ごめんなさい」

大きなため息が降ってきたと思ったら、力いっぱい抱き締められた。婚約者役も愛人も終わりだと突き放され、もしかしたら、もう二度と触れられないかもしれないと思っていたファルコの体温だ。胸までじんと温かさが沁みて、ますます涙がこぼれた。

――やっぱり、好き。

この腕以上に安堵できる場所は、これから先、決して見つけられない。

「おまえの無念さはわかる。だが、自ら仇討ちをしようとするな」

幼子に言い聞かせるように穏やかに、ファルコは言う。

「俺も母をあの男に殺された身だ。この手で必ずあの男を討ち取ってみせるから、すべて俺に託せ」

「でも」

「おまえを俺から遠ざけたのは、単に復讐心を抱かせたくなかったからじゃない。危険だからだ。なにせ俺はおまえに母の名を名乗らせた。ロドヴィーゴに殺された、母の名を」

「お母さまの……？　どうしてですか」

「母は生前、奴に繰り返し犯されたあげくに孕んでいた。そのときの子が生きていれば十八、おまえと同じ年齢だったはずだ」

そしてファルコはアリーナを抱き締めたまま語った。

ロドヴィーゴが義兄であること、己がルチアーノ財閥の跡継ぎであること、そして無実の身で放り込まれた牢獄を脱したとき、生きる理由はロドヴィーゴへの復讐を成し遂げる以外になかったことも。

ではバジリオが言っていた「ファルコが継ぐはずだった大きな家名」というのは、ルチアーノ財閥だったのか。

道理で身のこなしが洗練されているはずだと納得しつつも、予想以上の事実に驚くばか

りで、アリーナはどうにか相づちを打つしかできなかった。

「おまえの瞳は、母と同じ色をしている。濡れた樹皮に重なる、新緑の色」

「わたしの目が、お母さまと？」

「ああ。だから『キアラ』として説得力があると思ったのだ。自分の娘と疑えば、ロドヴィーゴはもう一度おまえに接触するだろうと踏んでいた。つまり、俺はおまえがあの男に狙われる危険性を承知したうえで……餌《えさ》にしたのだ」

餌――。

するとパレルモの街で尾行されたのは、ロドヴィーゴが『キアラ』の素性を探ろうとしていたからだったのか。いや、もしかしてファルコはあえて尾行者を泳がせ、捕らえるためにアリーナを伴って街歩きをした……？

(万が一、わたしが巻き込まれても……かまわなかったの？)

ショックを受けなかったと言えば嘘になる。

だが、父と母の死の真相を知った今、利用できるものはなんだって利用して仇をとろうというファルコの気持ちを想像するのは難しくなかった。

「べつに、かまいません。父と母の仇をとれるなら、いくらだって餌になります。わたしを、使ってください」

「できない」

「どうしてですか!?」

「こうして足手まといになっておきながら、まだ餌としての利用価値があると思うのか」

厳しい言葉を口にしながらも、ファルコは渇望するようにアリーナを見つめていた。まるで、本当は側にいてほしいとでも言わんばかりに。

「おまえは手を汚すな。陽のあたる場所で、姉と一緒に生きていけ」

「いやです！　ファルコ、わたし」

「復讐は俺が、この手で必ず成し遂げる。元気で暮らせ」

その口ぶりはまるで今生の別れだ。

――まさか、ロドヴィーゴを殺して自分も死ぬ気なの？

想像するとぞっとする。ファルコには生きていてほしい。この想いが届かなくてもいい。彼がこの世に存在していてくれさえすれば、アリーナはその事実を支えにきっと生きていける。

慌てて取り縋ろうとすると、抱え上げられ、車の中に放り込まれた。アリーナがエンナから乗ってきた、ナターレの車だった。

「アリーナさんっ」

運転席にはナターレ、後部座席にはアダが乗っている。すべて承知しているような落ち着きぶりのアダに対し、ナターレはアリーナとファルコを目にしてぎょっとする。

「ドン・ファルコまで、どうなさったんっすか!?」

「彼女を俺の宿に連れて行け。くれぐれも部屋から出すな。脱走しないよう、絶対に目を離さずにいろ。アダ、いざというときはどんな手段を使ってもアリーナを護《まも》れ。いいな」

「かしこまりました、ドン・ファルコ」

低頭するアダの前で、ファルコは紙切れをナタ－レに渡す。宿の住所が記されているのだろう。そしてもう一方の手でアリーナのドレス内を探り、太ももにくくりつけて持っていた拳銃を奪おうとしたのだろうが、思い直したようにやめた。

「これは、護身のためにまだ持っておけ。出せ、ナターレ」

「は、はい、承知しやしたっ」

「待って、ファルコ!」

目の前でドアを閉められると、直後に車は発進した。

すげなく背を向け、さっさとルチアーノの屋敷へ戻っていく後ろ姿が遠くなる。

「ファルコ……っ、いや!!」

連れて行ってほしかった。

恨みを晴らしたい気持ちが同じなら、ともに立ち向かおうと言ってほしかった。

(足手まといなのは、わかっているわ。でも……っ)

悲しい過去も復讐への決意も、たったひとりで背負うのはつらすぎる。たとえわずかでも、その重さを預けてもらえたら、どんなに幸福かしれないのに。

悔しさに、アリーナが奥歯を噛み締めたときだ。

急ブレーキがかかり、体が前に投げ出されそうになる。何事かと顔を上げると、下町らしいツギのある背広に身を包んだ男たちが、周りを取り囲んでいた。口もとを布で覆い、人相を隠した姿は異様そのものだ。

「な、なんだよ、これ。こんな都会で盗賊か？」

ナターレはすぐさま胸ポケットの拳銃を取り出そうとしたようだが、間に合わず車外から一発撃ち込まれる。肩に被弾して、ナターレは低く呻く。

「う……う、逃げてください、アリーナ、さん」

「や……っ、ナターレさん、ナターレさんっ!!」

うそ。どうして。こんなところで、なぜナターレが撃たれなければならないの。

運転席に身を乗り出し、アリーナはすぐさまナターレを後部座席に引っ張り込もうとする。これ以上撃たれる前に、庇わねばと思った。しかし、後頭部にごつっと硬く冷えたものがあてがわれて、動きを止めざるをえなくなる。銃口だ。

「動かないでください」

信じがたいことに、冷静な声の主はアダにちがいなかった。

「アダ……な、んで」

なぜ、アダに銃を向けられなければならないのか。

まさか、アダも車を取り囲む男たちの仲間だというのだろうか。ずっとメイドとして忠実に仕えてくれていたのに。たった今、アリーナを護れというファルコの言葉にかしこまりましたと答えていたのに、どうして。

「ファルコを、裏切るの？」

「私はドン・ファルコの僕《しもべ》です」

「だったら、どうして！」

「もちろん、ドン・ファルコの御為です」

事態を理解できないうちに後頭部を殴打され、強い衝撃を感じた直後、アリーナの意識は暗転した。落ちゆく意識の中で、私を信じてください、という囁きを聞いた気がした。


しばらくの間、アリーナは夢を見ていた。十二の頃の夢だ。

リラを置いて屋敷を出てはならないという父と母の言いつけに反し、たった一度だけひとりで街へ出たときのこと。

当時、ビアンキ商会が商売する港には、ルチアーノ財閥が経営する船会社が進出したばかり。父は経営方針の転換を迫られ、両親ともに頭は仕事のことでいっぱいだった。

『アリーナ、リラの体調はどう？』

『リラを頼むぞ。しっかり食事をとるように、おまえが見ていてやってくれ』

顔を合わせるたび、そう言われた。

ふたりが気にかけているのは、いつだって姉のリラばかりのように感じた。

だから困らせてやろうとか、注意を己に引き付けようとか考えて、屋敷を抜け出したわけではない。両親がきちんと愛してくれているのを、アリーナはよくわかっていた。

それでもアリーナは己がリラの影としてではなく、己の意思でこの世に存在しているのだという実感がほしかった。

誰かに会いたいが、誰にも姿を見られたくなくて、薄暗い路地裏を彷徨い歩いて……。

そして、足に怪我をしてうずくまる男を見つけた。

すぐさまアリーナは医師の元へ駆け、髪と引き換えに治療を頼んだ。姉に「お揃いにしましょ」と言われ、ともに長く伸ばしていた髪だ。それを自分ひとりの意思でばっさりと切り落としたとき、ああ、生きているのだと思った。

わたしはここにいる。

誰かのために生かされているのではなく、己の意思で生きている。

初めて、そう思えた。

帰宅後にはリラに「お揃いの髪がない」と泣かれ、両親からは「リラに精神的な負担を

かける な」と怒られ、二度とあんな承認欲求を抱いてはならないと、己を戒《いまし》めるために忘れてしまったけれど。

でも、もし、あの人にもう一度会えるなら、ありがとうと伝えたい。

あの日、あの場所にいてくれてありがとう、と。

名も知らぬ怪我人は、アリーナにあの日、己を教えてくれた恩人だったのだ。

どれだけ意識を失っていたのだろう。

後頭部がずきっと痛んで、アリーナは目を覚ます。

「ん……」

朝だろうと思い、体を起こそうとしたが、身動きが取れなかった。両腕を後ろ手にくくられ、足首もひとつに縛られていたからだ。そう気づくと同時にルチアーノ邸の駐車場で襲撃され、アダに頭を殴られたことを思い出した。

(ここ、どこなの?)

電灯のついた明るい室内には赤いカーペットが敷き詰められ、金の細工に壁画……ファルコが連れて行けと言っていた宿でないことは、ベッドも続き部屋もないことから明らかだった。どちらかというと、豪邸の応接室のような――。

「ルチアーノ家の邸宅……？」

壁の装飾に、ルチアーノの紋章が刻まれている。まちがいない。するとアダは裏でロドヴィーゴに操られ、アリーナを売ったのかもしれない。

（でも、どうしてなの、アダ）

ロドヴィーゴに与《くみ》しておきながら、なおもファルコの僕と言ったのはなぜなのか。

するとアリーナはふと、手足を拘束している縄にわずかな緩みがあると気づく。簡単に解けはしないが、時間をかければ抜けるかもしれないと希望が持てるだけのたわみだ。

だが、すぐさまその作業に取り掛かるわけにはいかなかった。

足音がふたつ、廊下から近づいてきたからだ。

「こちらへどうぞ。あなたにお見せしたいものがあります」

扉が開くと同時に、姿を現したのはロドヴィーゴだった。遅れて、ファルコが入室する。付き従うようにメイド姿の女があとからやってくるのを見て、ぎくっとした。

（アダ……！）

まさか、ファルコまで同じ目に遭わせるつもりなのでは。

「ファルコ、来ちゃだめ……っ」

危険だ。部屋に入ったらいけない。アリーナはかぶりを振って訴えるのに、ファルコは床の上のアリーナに気づき慌てて駆け寄ってこようとする。が、直後にぴたりと足を止めた。

「おっと、動けば可愛いご婚約者の命はありませんよ」

ロドヴィーゴが、アリーナに向けて拳銃を突きつけたからだ。

ぱたんとファルコの背後でアダが扉を閉め、まんまと密室を作り出す。

「……これはいったい何事です、ルチアーノ会長」

「ボルセリーノ伯爵、手荒な真似をお許しください。私はただ、あなたにいくつかお尋ねしたいだけなのです。正直にお答えいただければ、ご婚約者は無傷でお返しすると約束しましょう」

「ほう。お聞きしましょうか」

そう言うファルコは、敬語を崩さないだけ、まだ冷静さが残っているようだ。

「実はですね、ここにいるあなたのご婚約者キアラ嬢が、私の命を狙っておられるようなのです。いたしかたなく、捕らえさせていただいだのですが」

去ろうとしていたところを奇襲して捕まえたくせに、よくも言う。

憎々しく思っても身動きはとれず、近づいてきたロドヴィーゴに足でドレスの裾をめくり上げられる。太ももにくくりつけていた拳銃があらわになり、心臓が止まりそうになった。

「彼女はこのとおり、物騒なものをお持ちでしてね」

「こ、これは……っ」

　言いかけたが、引き金に指をかけて「くだらない言い訳はしないほうが身のためですよ」と脅しかけられて、黙るしかなかった。

「伯爵、あなたは先ほど、彼女をそそくさと屋敷の外に連れ出しましたね。彼女が私を殺そうとして、失敗したと察したから退散させたのではないですか？　すると、あなたはこの女が私を殺そうとした理由もご存じなのでは？」

　アリーナはこくりと息を呑んだ。

　ロドヴィーゴは、アリーナが復讐の首謀者であり、婚約者であるファルコが協力者なのではないかと疑っているのだろう。

　そして、アリーナの復讐の理由を――無理やり孕ませたうえ、崖から転落させた女の存在を――ファルコが知っているかもしれないと考えている。

　もし知っていれば、口封じをするつもりなのだ。

「何をおっしゃっているのか、わかりかねますね」

　ファルコは落ち着いた声色で言った。

「会長、まずはその物騒なものを下げていただけませんか。大切な婚約者の身に何かあれば、私も黙ってはいられなくなります」

　まずはアリーナの身の安全を確保しようというのだろう。

しかしロドヴィーゴはアリーナに突きつけた銃を下ろさない。

「先にこの女を殺すのも可能だったのですよ。ですが、万が一、あなたが確たるものを持っているようではいけない。ですからこうして、お尋ねしているわけです」

「確たるものとおっしゃいますと？」

「私を陥れるための、言うなれば物証のようなものですよ。たとえ陥れられても握り潰してみせますが、あなたは田舎者のくせに周囲からの信頼が厚い人物です。シチリアはただでさえ独特な風土ですし、あなたを支援する人間がいないとも限らない。マフィアでも背後につけて攻めてこられては厄介ですからね」

「会長、すこし落ち着かれてはいかがです？」

「ごまかすつもりなら無駄ですよ。今夜も前回も、伯爵の登場はタイミングがよすぎるのです。この女が私に単独で近づき、復讐する機会をわざと作っているかのような……。偶然ではないでしょう。何が目的ですか？　私から財を奪うつもりですか？」

　そのとき、力んでいた足首がふっと楽になってアリーナは気づく。そうだ。手足を拘束している縄には、緩みがあるのだった。自力で、あの銃口から逃れられるかもしれない。

　手足を静かに動かして、縄からゆっくりと抜く。

「物証をお持ちなら、すぐにお出しなさい。一旦シチリアに戻り、ここへやってくる間はこの女の身の安全は保証します。いいですね？」

その瞬間、ロドヴィーゴの注意は完全にファルコに向いていた。刹那、拘束を解いたアリーナは立ち上がり、己に向けられていた拳銃に飛びかかる。

「っ、何をする、放せ……ッ」

アリーナも必死だったが、ロドヴィーゴの抵抗も激しかった。

ドンッ、と弾を放つ音が響いて、暖炉の上の花瓶が弾ける。怖いが、アリーナは怯まなかった。もう、ファルコの足手まといにはならない。己の危機くらい己の力で抜け出してみせる。

「この、アマがっ!!」

しかしロドヴィーゴも簡単には引かなかった。アリーナの髪を掴み、頭を壁に叩きつけてくる。強い衝撃とともに、手足に力が入らなくなって、まずい、とアリーナは顔を歪めた。立っていられない……そのときだった。

ロドヴィーゴが拳銃を足もとにごとっと落とし、両手を挙げたのは。

「形勢逆転だな。よくやった、アリーナ」

ファルコが拳銃をロドヴィーゴのこめかみにあてていた。

「俺の女に手を上げた報いをひとまず、受けてもらおうか」

そう言うなり、拳銃を握った手でロドヴィーゴの横っ面を殴りつける。蠅を払うように煩わしげな仕草だった。さらには床にどっと倒れ込んだロドヴィーゴに拳銃を突きつけ、反撃の隙を与えない。

「大丈夫か、アリーナ」

「……っは、い」

声をかけられて、本当は駆け寄りたかった。だが、壁に頭を打ちつけられたせいか、くらくらして動けなかった。舌も痺れて、ろれつが回らない。

(油断しないで、ファルコ)

ロドヴィーゴを殴り倒しても、アダがまだ背後にいる。危ない、と言いたいのに、言えない。焦るアリーナの前で、仇に迫るファルコの肩は積年の怒りに震えはじめる。

「ロドヴィーゴ・ルチアーノ。貴様の命はここまでだ」

「ボルセリーノ……伯爵。ここは私の自宅ですよ。こんなことをして、ただですむと……」

「呼べば廊下から部下が駆けつけるはずだと？　残念だったな。事前に、密偵者を送り込んで指示をすり替えた。発砲音がしても決して近づくな、と。だから誰もやって来ない」

「貴様、やはりその女の協力者だったのだな……っ」

「へえ。まだそんな世迷言を口にするのか。この期に及んで目の前の真実に気付かないとは、愚か者もここまでくれば滑稽ですらなくなるものなのだな」

よく見ろ、とファルコは前髪をかきあげて不敵に微笑む。

「忘れたのか。十八年前、牢獄に送った男の顔を」

意味不明といったふうに、ロドヴィーゴは表情を歪める。だが、ややあってハッと目を見開き、がたがたと膝を震わせた。

「ま……さか……アンジェロ……ッ、いや、ありえない。あれは獄中で死んだはず」

「もう六年も前に脱獄したがな。おまえの部下たちは皆、おまえの傲慢で私利私欲にまみれたやりかたに疑問を持っている。わずかなミスでもクビが飛ぶとなれば、不祥事など誰も報告しなくなるというわけだ」

「……ッくそ、母親と一緒に、おまえも殺しておくべきだった！」

「いいや、俺は死んでも蘇る。おまえを地獄に叩き落とすためならば、何度でもな。なにしろ今の俺はアンジェロじゃない。シチリアマフィア『カルマ』を率いる『死神』だ」

ぎょっとしたロドヴィーゴに向けて、ファルコは容赦なく引き金を引いた。が、弾は命中せず床にめり込んだ。

当てるつもりはないのだろう。派手な発砲音が響くたびにロドヴィーゴは情けなくも這いつくばって後退し、やがてバルコニーに辿り着く。

「あの『カルマ』のジジイを後ろ盾にしたのか……ッ。うまくやりやがって」

「ごちゃごちゃ言わず、とっとと死ね。撃ち殺されたくなければ、飛び降りてみせろ」

母さんのように、とファルコは低く言う。

「ここは四階だ。運よく植え込みに落ちれば、落下直後は生きていられるかもしれないぞ。しばらく痛みにのたうち回らせたあと、判事とメイドのように確実に仕留めるがな」

「あのふたりを殺したのも……おまえか……！」

「今頃気づいたのか。その貧相な頭脳でよく、ルチアーノ財閥を率いてこられたものだ」

ロドヴィーゴに突きつけられた銃口が、すっとバルコニーの外を示す。早く飛び降りろ、とばかりに。徐々に舌の痺れも薄れてきて、アリーナは体を起こした。

――やはり、ファルコが判事を殺したのだわ……。

予想していたとおりだったから、失望はしなかった。

愛する人を理不尽に奪った犯人が、のうのうと生き続けるなど許せないと思う気持ちはよくわかる。失った命を取り戻すことができないのなら、ロドヴィーゴを同じ目に遭わせてやりたいとアリーナも願った。

命を奪ったほうはその出来事を過去にできるかもしれないが、遺された者は前など向けない。どんなに時が経っても、胸の中心をくり抜かれたような喪失感は消せない。そして寂しさを噛み締めるたび、憎しみは煮えて焦げついて心を歪にしていく。

遺された者の苦しみは延々と続くのだ。

（わたしだって、今すぐあの男に飛びかかって、父さまと母さまを残酷な死に追いやった報いを与えてやりたいわ）

だが同時に、アリーナは思うのだ。

パーティーの晩、宿泊先に戻ってきたファルコが弱々しく震えていたことを。

あれは、判事に手を下した直後だったのだろう。すると、彼の中には強い罪悪感があるのではないか。たとえ恨みを晴らすためだとしても、亡き母のためだとしても、他人の人生を取り上げることにためらいがあるのではないか。

いや、ためらわないはずがない。

ファルコは残虐な反面、義理堅く情に厚い。また、激昂しやすいようで穏やかな一面もある。彼の中には善と悪が同居していて、どちらを失ってもファルコではいられない。

（……ファルコ）

本当は誰より優しい彼が、この先、ロドヴィーゴを殺めた罪の意識に苛まれ続けるのだとしたら。

母を失った悲しみだけでなく、牢獄での謂れなき責めの記憶にまで苦しめられて、そのうえさらに怯えるほどの精神的苦痛を背負わなければならないのだとしたら――。

「やめて……っ」

アリーナはよろめきながらも立ち上がり、ファルコの前に立ちはだかった。

「この人を殺さないで。お願いよ、ファルコ」

両手を広げてそう訴えるアリーナを前に、ファルコは一瞬理解できないという顔をした。

だが、すぐさま眉尻を吊り上げて「退け」と脅すように言い放つ。

「ロドヴィーゴを殺すためだけに俺は十八年間、生きてきた。おまえだって、両親の命を奪ったその男が憎いのだろう。復讐するために、はるばるナポリまで乗り込んで来たのではないのか」

「憎いわ！　すぐにでも殺してやりたいと思ってる。一生、許すことなんてできない」

「ならば、止めるな」

「いいえ、止めるわ」

父と母の無念を晴らしたい気持ちに変わりはない。ここでロドヴィーゴを助ければ、一生悔やむかもしれない。

だがその無念を受け入れてでも、アリーナはファルコを守りたかった。

「この男を庇うつもりなんて毛頭ないわ。憎むのをやめろとも言わない。わたしは……こんな下劣な人間のために、あなたが苦しむのがいやなだけ……！」

「何を言っている」

「今の自分を追い詰めてまで、募らせた憎しみに忠実にならないで。良心に反して、残虐になろうとしないで！　この男に報いを受けさせてあなたが楽になれるならまだしも、かえって苦しみが増すのなら意味がないでしょう。だって」

だって。

「お母さまの死にあなたの責任は微塵《みじん》もない。あなたに、この先も背負っていかなきゃいけない重荷なんてこれっぽっちもない！」

燃えるような怒りのたぎる瞳が、揺れる。

まるで、苦悩の根源にあるものを言い当てられたかのように。

「……もちろん、奪った命は二度と戻らないわ。その男だけでなく、ファルコが奪った命もよ。でも……誰が赦さなくても、わたしだけは赦すと誓う。一生あなたの側で、あなたを赦し続けるから……だから、一緒にシチリアへ帰りましょう」

罪を悔いて、寄り添いあってこれからを生きていけたら、牢獄内で鞭打たれた後遺症だっていずれは和らぐかもしれない。彼の痛みや怒りがすっかり和らぐまで、雑音が届かないよう、この手でその耳を塞ぎ続けていくから。

「わたし……わたし、あなたが誰よりも大切なの、ファルコ」

告げると、ロドヴィーゴに向けられていた銃口がわずかに迷った。思いとどまってくれるのかもしれないと、アリーナも期待してファルコのほうへ一歩踏み出そうとした。

しかし、突如背後から飛びかかられ、腕で首を絞められて声が出せなくなる。

「う……っ」

「お優しい婚約者どのに礼を言わねばね」

——ロドヴィーゴ！

背中を見せるべきではなかったと、後悔してももう遅い。太ももにくくりつけたままになっていた拳銃を奪われたあげく、こめかみに突きつけられる。

「この女の命が惜しければ銃を捨てろ、アンジェロ」

目を細め、手に持っていた銃を床に置くファルコを見て、アリーナは悔しさに震えた。命だけは助けてやろうとしたのに、かえって利用されるなんて。

「は……っはは！　やはりアンジェロは、私に勝てない。勉強も運動も見てくれも己のほうが優れていると慢心するからこうなるのさ。冥土《めいど》の土産に教えてやるが、おまえの父親を殺したのも私だよ。あいつはいつまでもおまえの無実を信じ、私に財産を相続させないつもりだったからな。食中毒に見せかけて、葬ってやった。母親だけでなく、父親、それから相続するはずだった財産も組織もすべて私に奪われて、哀れだなあ！」

ロドヴィーゴはぐっとアリーナの首を片腕で絞めつつ、ファルコに銃口を向ける。

「さて、どちらから殺してやろうか。ああ、せっかくだから可愛い婚約者の死に様を前に、慟哭するおまえの姿を見せてもらおうじゃないか。十八年前、母親を殺してやったときのように」

苦しい。せめてファルコだけでも守りたいのに、もう、体に力が入らない。

（お願いよ、ファルコ……）

たとえわたしが殺されても、仇討ちはしないでとアリーナは願う。

ファルコはもう、充分すぎるほど重い荷物を背負って生きている。これ以上、たとえ紙一枚の重さでも増やしたくない。

願わくは、姉に伝えてほしい。あなたの妹に生まれてしあわせだった、と。今のリラならばひとりでも生きていけると信じている。

耳の側で高笑いを聞きながら、引き金にかかる指を間近に見たそのときだった。

ドンドンッと銃声が前方から続けざまに響いて、首の絞め付けが緩む。

するとロドヴィーゴの体が後ろに傾き、一緒になってアリーナはバルコニーの外に投げ出されそうになった。寸前で右腕を引っ張られ、ファルコの胸に抱きとめられる。

重いものがゴッ、と地面に落下する衝撃を感じたのは直後だった。

「げほ、げほ……っ」

「まったく、おまえは無茶をする」

アリーナが撃たれた……わけではないようだ。何が起きたのだろう。もしかして今、地面に落ちたのは……ああ、わかりたくない。

ファルコの肩越しに見えたのは、硝煙の立ちのぼる拳銃をかまえたアダの姿だった。

アダが、ロドヴィーゴを撃ったのだ。

「どういうことなの……？　アダは、ファルコを裏切ったのではないの」

「アダは俺の忠実な部下だ。裏切ってはいない。裏切ったふりをしてはいたがな」

そう言ったファルコに、アダは膝をついて礼をする。

「申し訳ありません、ドン・ファルコ。車を取り囲まれるのは予想外でした。ずっと、寝返ったように見せかけて行動してきたものですから、あのときはアリーナさまを引き渡すよりほかなく……」

「ああ、それでいい。アダ、よくやってくれた」

アリーナはそこでやっと、アダが一貫してファルコを『ドン』と呼んでいたと気づく。アリーナ付きのメイドとして採用されたはずなのに『ドン』と呼んでいるのは……もしや、ファルコと『血の掟《オメルタ》』を交わした、正式な構成員だからだったのではないか。

「じゃあ、アダは本当に、わたしたちの味方なんですね？」

「ああ。バジリオは、アダを寝返らせたとずっと思っていたのだろうが」

「どうしてバジリオさんが、アダを寝返らせるんですか」

問いながら、ふと思い出した。

バジリオとアダが納戸にいるのを見かけたことを。

「バジリオは、とある目的のためにロドヴィーゴと通じていたのだ。それで、おまえの側においておまえの信頼厚いアダに協力させようとした」

ファルコの視線が扉に向けられると、見計らったようにそこが開いた。現れたのはバジリオで、アリーナはますます混乱する。

「アリーナを捕らえ、ロドヴィーゴに売ったのはおまえだな、バジリオ」

「ご明察です」

と、返答し、バジリオは丁寧に一礼した。

「ファルコさまは総じて頭の切れる方です。今後も『カルマ』を率いていただくために、ロドヴィーゴへの復讐という、先代からの試験には必ず合格していただきたかった。なにしろ私のミスであなたは一度しくじっておられる。二度目の失敗は許されない状況で、より完璧な結果を残していただくためには、お膳立てが必要と判断したのです」

「ロドヴィーゴにアリーナを殺させ、俺を逆上させるつもりだったのだろう」

「ええ、まあ。あなたはどうにも、情やら恩といったものを大切にしすぎるきらいがあります。人を殺めるたびに罪悪感に苦しみ、過去の苦痛からも抜け出せないようでは、無情なマフィアの頂点に君臨する者として少々不安が残るのですよ」

その声に重なり、アリーナの頭の中ではいつかのバジリオの言葉が思い出される。

――『首領が道を外さぬよう、つねにお側で見守り、在り方を正し続けるのが私の役割です。誰が首領になられても同じこと。とても光栄な役割と考えております』

彼は執事のように忠実だが、その忠誠心はアダのようにファルコに向いてはいなかったのだろう。次の首領が首領としての道を外さぬよう、陰で方向を修正していくという役割に対してのみ、バジリオは忠実なのだ。

なにしろ、バジリオはファルコを一貫して『ファルコさま』と呼んでいる。一度だって『ドン・ファルコ』とは呼んでいない。

「先代もこの結果には満足なさるでしょう。直接手を下さなかったとはいえ、部下に引き金を引かせたのはファルコさま、あなたなのですから」

悪魔のような囁きに思わずファルコの手を取ろうとすると、ファルコは足もとに落ちていた銃を拾い上げ、引き金を引いた。発砲音ののち弾は壁のブラケット灯に当たり、ガラスのシェードを粉々に砕く。

「二度と出しゃばった真似はするな、バジリオ。『カルマ』の現首領は俺だ。『カルマ』に身を置いている以上、勝手な真似は許されないと胸に刻んでおけ」

「……ああ、いいですね、その冷酷な瞳……ほれぼれします」

舌なめずりをしながらバジリオが姿を消すと、アリーナとファルコはひそかにパーティー会場へ戻った。ナポリの夜、滴るような赤い月には薄いガーゼさながらの雲がかかろうとしていた。

7　聖女は死神に恋をする

一睡もできずに迎えた翌朝、ファルコがホテルの部屋で過ごしていると警察が訪ねてきた。アリーナがまだ、ベッドで寝息を立てている間のことだ。

明け方になってやっと眠った彼女を起こさぬよう、細心の注意を払って廊下に出て二、三、質問に答える。それだけで警察官はあっさりと帰っていき、どうやらファルコが犯人として疑われている可能性は低いようだった。

警察内部にも内通者がいるため、たとえ証拠が上がってももみ消せるのだが。

それにしても警察の連中がしたのは形式的な聞き取りだけで、犯人逮捕に躍起になっている印象は受けなかった。

家族でさえも、ロドヴィーゴの独裁的なやり方に我慢の限界だったのだろう。杜撰な捜査をしたところで、もはや誰も咎《とが》めはしないと警察上層部からして高《たか》をくくっているようだった。

「今日、アグローポリで一泊するんですよね？」

荷物を積み終え、車の後部座席に並んで座ったところでアリーナはささやかに笑う。

「ナポリへ来る途中にも立ち寄ったんですけど、海がきれいな街ですよね」

「ああ」

「楽しみです。すこし、街歩きをする時間があったらいいですね」

だがその笑顔には覇気《はき》がなく、無理をしているのは一目瞭然だった。

人の死を目の当たりにしたばかりなのだから、ショックを受けていて当然だ。

ファルコだって、ただ平然としているわけではない。ロドヴィーゴは親の仇で、無実のファルコを牢獄に留め置き苦痛を与え続けた憎い相手だ。嬲り殺してやりたくてたまらなかったが、死んだと思うと穏やかな記憶ばかり蘇ってくるのが不思議だった。

あんなふうに性格がねじ曲がってしまう前に、どうにかロドヴィーゴを止めることはできなかったのか……いや。あのとき、アダに「撃て」と後ろ手に合図を出したのはファルコだ。感傷に浸る権利もなければ、悼《いた》むのも傲慢というものだ。

「……アリーナ」

何気なく隣に置かれていた手を握り、低く言う。

「もしロドヴィーゴの死に関して責任を感じているのなら、やめろ。アリーナが居合わせようが居合わせまいが、結末はまちがいなく同じだった」

「ファルコ……」

「おまえには両親の死の真相を告げるつもりも、復讐心を抱かせるつもりもなかった。あの場に乗り込まずにはいられない心境にした責任は、俺にある」

例の手紙——アリーナの両親を死に追いやった証拠——を、ファルコが寝室のサイドテーブルに出しっぱなしにしていたのは、不注意ではない。

バジリオを釣るためだ。

ファルコはバジリオがロドヴィーゴと通じていると、早い段階で勘付いていた。

だがロドヴィーゴは先代首領の息子たちを人質のように扱ったあげく、海に沈めた憎い相手だ。そんな輩《やから》と、首領補佐として『カルマ』を誰よりも大切にしているバジリオが連絡を取り合うのは違和感があった。

そこで、アダに裏切ったふりをさせながらバジリオの動向を探らせつつ、ファルコ自身もバジリオを試したのだ。

バジリオが完全にロドヴィーゴの配下に下ったのならば、あの手紙を持ち去るなりロドヴィーゴに報告するなりするはずだ。だが、バジリオはそれをしなかった。バジリオの目的は「ファルコをより確実に『カルマ』の首領に据え置くこと」だったのだから当然だ。

そうして放置された手紙が、運悪くアリーナの目に留まったというわけだ。

アダから報告を受けたとき、さしものファルコも血の気が引いた。「可能なら、やめろと一喝したかった。しかしその程度で、単独でもパーティーに乗り込もうというアリーナの勢いを削《そ》げるわけもなく、アダにはナポリまでとりあえず往復させてアリーナを落ち着かせるように命じてあった。

「余計な気苦労を与えてしまって、すまなかった」

「いえ。父と母の死の真相、わたしは知ることができてよかったと思っています。誰にも無念さを知られぬままでは、父と母はそれこそ浮かばれなかったでしょうから」

どこまで彼女は清純なのだろう。感心するとともにファルコは敬虔な気持ちを抱く。

この調子で彼女が己に降り掛かる不運をすべて赦し続けていったなら、やがて本物の聖母にでもなれそうだ。

（いや、たとえそうだとしても）

ファルコはアリーナに、世界中のどんな罪でも赦すほどの神聖さを求めてはいない。アリーナはただ、ファルコだけを赦しファルコだけに崇拝されていればいい——。

「じゃあ、出発しやすよ！」

運転席から振り返り、陽気な声でナターレが言う。

「怪我の具合はどうなんだ、ナターレ。きちんと医者にかかったのか」

「おかげさまで昨夜は病院に一泊して治療していただきやした。つーか、この程度の傷で音《ね》をあげているようではマフィオーソは務まらねっすよ！」

「そうか。では、頼む」

助手席にアダを乗せ、帰路は四人の連れ合いだ。

バジリオの消息は昨夜以降つかめないが、行き先は予想がついている。

（あれは先代のところだ。昨夜の出来事を報告するために、かならずシチリアへ向かう。そしてこれからも首領の補佐役を果たす目的で、俺のもとへ戻ってくる）

アリーナを危険な目に遭わせたにもかかわらずバジリオを無傷で逃がしたのは、先代への報告という役割を果たさせるためだ。それをもってファルコの立場は絶対的に安定する。

彼女はファルコとの平凡でささやかな未来を望んでいるのかもしれないが、ファルコはこの先も裏社会から足を洗うつもりはない。

脱獄してからというもの、罪に罪を重ねて生きてきた。

強者として裏社会に君臨し続けることこそ、今後、もっとも確実にアリーナを守っていける方法なのだ。

アリーナさえ守れるなら、この身の穢れも罪の重さも問題ではない。

「ねえ、ファルコ」

流れはじめた車窓を眺めながら、アリーナがポツリと言う。

「以前、エトナ山とヴェスヴィオ火山は似てるっておっしゃってましたけど、たしかに、なだらかな裾野のあたりの趣が似てますね」

懸命に、気丈に振る舞おうとしているのは己のためだとわかったから、ファルコは口角を上げて「そうか？」と応じた。

「俺は、思ったより似ていなかったと感じたが」

「ええ？」

以前は、もう一度この足でナポリに立ち、この目であの美しい山を眺めたいと願っていた。エトナ山とヴェスヴィオ火山は似ているが、ヴェスヴィオ火山のほうがずっと壮大だと感じていた。

しかし今、視界を通り過ぎていくヴェスヴィオ火山はやけにもったりしている。

街の風景もシチリアよりずっとくすんでいて、ごみごみした印象ばかりが目についた。

「エトナ山のほうが数倍雄大で美しい。俺には、シチリアのほうが肌に合っている」

一瞬ぽかんとしたアリーナだったが、すぐにふっと笑って、言った。

「そうですね。わたしも、シチリアがすきです。あなたのいるシチリアが、すきです」

これまでどこへ行っても、何を見ても、後悔の色をしていた世界は、アリーナの存在ひとつで浄化されていく。

『お母さまの死にあなたの過失は微塵もない。あなたに、この先も背負っていかなきゃいけない重荷なんてこれっぽっちもない！』

あの言葉に、どれだけ救われたか。

どんなに強く心を揺さぶられたか。

ファルコはずっと、母の死も、アリーナの両親の死も先代の息子たちの死も、すべて己の責任だと考えていた。

自分が生まれてこなければ。早々にロドヴィーゴを始末していたら。そうしたら、悲劇は起こらなかったかもしれないのに、と。

だから仇討ちにともなう罪悪感も背負ってしかるべきなのではと、思い始めていた。

だが道は選べるのだと、あのとき初めて気づいた。

逃れられない宿命などない。

そしてこの罪は、望んで背負ったものだ。

一生彼女が赦し続けてくれるから、ではなく、赦そうとする彼女がいるから。

アリーナさえ側にいてくれたら、いっときもファルコは己の罪を忘れない。そうして胸にしんしんと刻まれ続ける痛みこそ、彼女から捧げられる崇高な精神に見合う愛の形だと思えた。

遠ざかるナポリの街に目を伏せ、ファルコは太陽が眩しいほど影を濃くするシチリアを想う。

アリーナを乗せた車は途中、ファルコの指示で花屋に立ち寄った。そこでなぜだか新たに花束ふたつの荷物を増やし、夕方にはアグローポリの街に到着した。

アダとナターレが宿探しに行くと、花束を手にしたファルコに車外へ誘われる。

「アリーナ、ちょっと来い」

民宿街を抜けたところに曲がりくねった道があり、ファルコは慣れた足取りで林をかき分け進んで行った。道は途中から緩やかな坂になり、登っていくと、やがて見えてきたのは一面の青とレンガ造りの大きな屋敷だった。

「ここは……？」

「かつて、ルチアーノ家が所有していた屋敷だ。この先の崖下に、母の魂が眠っている」

ああ、とアリーナは理解した。ファルコが手にしているふたつの花束には、白いリボンが結ばれている。あれは、弔いのための花束だったのだ。

導かれるまま屋敷の裏手に回ると、舳先《へさき》のように海に突き出た岬がある。地面が途切れた先には雲の浮かぶ空とはるかな水平線、そして穏やかに凪《な》いだ海があった。

「……ひとつは母に、もうひとつはおまえの両親にだ」

無言のまま、ファルコは崖下に花束をひとつ放り投げる。まさか父と母のことまで気遣ってもらえると思っていなかったから、手渡された花束がありがたかった。ファルコに倣ってアリーナもそれを海に投げると、ざん、と崖下で波の割れる音がした。

(父さま、母さま、ファルコのお母さまも、どうか安らかに)

彼らの魂が穏やかな眠りの中にありますようにと、アリーナは祈って左を見る。ファルコはまるで天に想いを馳《は》せるように、遠い空を見つめていた。

その胸にあるのが罪悪感なのか哀しみなのか怒りなのか喪失感なのか……想像もつかないけれど、できれば凪いでいてほしい。

この先大荒れの日も、先が見えない日もあるだろうから。

せめて今日だけでも、穏やかな気持ちでいてほしい。

「母は――」

すると、ファルコは静かな声で言った。

「いつも俺の心配ばかりして、己のことはあとまわしで、愛情深いが危なっかしい人だった。おまえの姉と同じように、車椅子に乗っていた時期もある」

驚いた。ファルコの口から、家族の思い出話を聞くのは初めてだ。

「お母さま、お体、弱かったんですか?」

「ああ。線は細いがひときわ目立つ美人で、芯がしっかりしていたな。こうと決めたら諦めないと言うか、ふらつきながらもどこどこまでもついてくるから、俺はときどき、母は執念とか根性とかだけで生きているんじゃないかと思ったりもした」

「まあ！」

「そんな胆力のある母だからこそ、父は初対面で惚れて結婚を決めたらしい」

ファルコがなぜリラにはっきりものが言えるのか、ようやくわかった気がした。

体の弱かった母の存在があるから、ファルコはリラを弱者や少数派とは感じない。個人としてもあたりまえに尊重するし、挑戦できないことがあるとも思っていないのだ。

「そんなにすてきなお母さま、わたしもお会いしたかったです」

「アリーナは妙に気骨のあるところが母に似ている。きっと、気が合っただろうよ」

「だとしたらうれしいです。あの、このお屋敷にはいつまでいらしたんですか？」

「牢獄に放り込まれる二十歳までだ。夏というと、決まってこの屋敷を訪れていた」

「二十歳……若々しいファルコも、きっとすてきでしたよね。会ってみたかったです。あ、今が若々しくないって意味じゃないですよ。じゅうぶん若々しいし、すてきですけど」

焦って付け加えると、ファルコはなぜだか呆れたように左の口角を上げる。

そして、言った。

「二十歳ではないが、六年前、三十二のときの俺をおまえは知っている」

「六年前……？　いえ、知らないですよ」

「いや、知っている。俺は髭面でやせ細って、浮浪者のように汚い身なりだったが、おまえの瞳ははっきりと俺の顔を認識していた」

そう言われても、やはり思い当たる節はない。六年前というとアリーナが十二の少女の頃だが、当時、髭面のやせ細った男と縁はなかった。……いや。

「……六年、前」

もしや、と口もとを押さえる。昨日思い出した、一度だけ、両親と住んでいた屋敷をひとり抜け出して街を彷徨った日のこと。路地裏で見つけた、あの、瀕死の人……。

「おまえはその美しい髪と引き換えに、俺の命を救ってくれた」

「うそ……っ」

「この事実は、本人か、あのとき治療を担当した医者でなければ言えないのではないか」

「で、ですが、こんな偶然、あるはずが……」

当時の思いがいっぺんに胸に蘇ってきて、アリーナは唇を震わせる。

『己』が欲しかった。

己の意思で行き先を決めて、己の意思で事を成せるのだと証明したかった。

名前も知らない彼のために髪を切り落としたとき、ああ、生きているのだと思った。

もし、もう一度会えるなら、彼にありがとうと伝えたかった――。

「偶然、か。たしかにパレルモの街で出会ったのは偶然だが、俺はずっとアリーナを捜していた。あれほど見事な髪を無駄にしてまで、命を救ってくれた礼を言いたかった。いや、本当はビアンキ商会が倒産したとき、すぐに気づいて手を差し伸べるべきだったのだがな。

恩を仇で返すような真似をして、申し訳……」

「謝らないでください！」

じわじわと目頭が熱くなるのを感じながら、アリーナはかぶりを振る。

「わたし、ファルコに感謝しているんです。あなたは二度もわたしに、わたしであることを教えてくれた……。あなただったなんて」

一度目は路地裏で、二度目はシチリアで再会してから。ファルコは二度も、アリーナの胸のうちにある息苦しさを取り払ってくれた。

「よかっ……」

感極まって、我慢できず、ぼろっと涙があふれる。

「よかった……生きていてくださって」

海面を撫でた風が崖を駆けのぼり、アリーナのワンピースをなめらかに巻き上げる。

「俺に生きていてよかったと言えるのは、部下を除いておまえくらいだろうな」

濡れた頬を拭われ、間近で見たのはくすぐったそうな笑顔。目尻に集まるくしゃっとしたしわには、様々な人生経験を経てきたからこその深い色気が漂う。

「おまえのおかげで命拾いした結果、マフィアの首領に収まった男だぞ？」

「でも、根っからの悪人ではありません。わたしは見てきましたから。あなたの悪いところも、悪くなりきれないところも、きちんと知っていますから」

「……おまえは俺に寛容すぎる」

　左耳に触れられたと思ったら、すっと耳の上に花を一輪差し込まれる。ミモザの花だ。花束を購入するとき、一緒に調達したのだろう。たった一輪でもアリーナの心の慰めになればと、用意してくれたのだ。

　アリーナが以前、ミモザを好きだと言ったから――。

「そんなところがたまらなく、可愛いのだが」

　細められたオニキスの瞳が近づいてくると、夕日がちいさく映り込んでいるのが見えた。


　ホテルの部屋に入ると、扉が閉まるのと同時に壁に背を押しつけられて唇を奪われた。

「ん……っ」

　背中に当たる壁の冷たさに、ぞくっと背すじが粟立つ。海沿いを歩いてここまでやってきたというのに、寒さを忘れていたことに気づかされた思いだった。

「っ、ふ」

　容赦なく弱い部分を探る舌が温かくて、ほっとする。

　ファルコに触れられていると、戻るべき場所を思い出したような気分になる。

　腰に絡んだ腕は背中をするりと撫で、ドレスと下着をつぎつぎと床に滑り落としていく。

足枷のようになったそれから逃れるようにかかとの高い靴を脱いだら、両の乳房がかすかに揺れた。

「きれいだ、アリーナ」

斜め上からじっと注がれる視線がくすぐったい。

とっさに胸もとを両手で覆うと、無防備な腰を撫でられ「見せてくれ」と耳もとで囁かれた。何をするかと思えば、ファルコはあろうことか床に膝をつき、アリーナの脚の付け根に顔を埋める。

「え、ヤ……！」

いきなり弱い部分に舌を差し込まれ、驚きと恥ずかしさで反射的に引いた腰は、摑んで戻された。

「逃げるな。俺だけに、すべてをさらけ出せ」

そんなふうに言われても、平然となどしていられない。

しかし左右から親指でぐっと割れ目を広げられ、直接、そこにある粒を舌で捕らえられると、びくん！　と全身が快感に震えた。

「怯えなくていい。大切にすると、誓う」

大切に……ファルコにそう言ってもらえる日が来るなんて、思いもしなかった。

ゆるゆると警戒を解くと、また割れ目に舌が入り込んでくる。

「あ、あ」

ちろちろと動く舌は、粒に絡んでは逃がし、わざと別の場所を舐めながら、アリーナの官能を責め立てていく。こぼれる吐息が徐々に熱を帯び、素直に昂ぶる己を知る。

「っ……あ、んんっ……ファ、ルコ……わたし」

いやらしいばかりの行為なのに、どうしてこんなに満ち足りたような気持ちにさせる？

快楽に流されて理性を失いそうだったが、アリーナは震える膝をどうにか立たせてファルコを見つめた。

「わたし、あなたの愛人に……戻れますか」

この先もずっとファルコの側にいたい。側にいるなら役に立ちたい。といっても、アリーナには銃の腕もないし、マフィアの世界に明るくもない。アダのような優秀な部下にはなれないだろうから、せめて愛人に戻してほしかった。

しかしファルコは思い切って告げたアリーナを見上げ、理解できないとでも言いたげに眉をひそめる。

「おまえはそれでいいのか？」

「え」

「愛人で満足できるのかと聞いている」

どういう意味だろう。恍惚の表情のまま、アリーナは首をすこし傾げる。と、脚の付け根に顔を埋められ、じゅうっ、と容赦なく割れ目を吸われて何も考えられなくなった。

「あ……っあ、……！」

音を立ててそこを啜られるたび、下腹部の奥からしきりに熱が昇ってくる。膨れた粒はさらに敏感に、アリーナを逃れられない悦で蹂躙していく。

恥ずかしいけれど、やめてほしくない。もっとずっと、こうしていてほしい。

「あ、ひぁっ、ファルコ……っ」

「もっと欲張りになれ、アリーナ。おまえが望むなら、どんな願いだって叶えてやる」

特別感のある誘惑が、ひときわ甘く胸に響いた。

（わたしの願い……本当の望みは……）

下から伸びてきた手に、乳房をやんわりと摑まれるのが快感に追い打ちをかける。胸の先端を膨らみにくっと押し込まれるのが間近に見えて、あっけなく昇りつめそうになる。

「あ、あ、立って、いられな……っ」

「支えているから心配はいらない。おまえは何も考えず、快感だけを存分に味わえ」

そう言うファルコの唇は、濡れててらてらと光っていた。

アリーナの快感の証だ。

恥ずかしくなって視線を逸らすと「俺から目を逸らすな」と乞われ、かっと頬が火照る。

「そんな姿、ずっと見ていたら、忘れられなくなります……っ」

「脳裏に刻んでいっときも忘れるな」

顎を摑み元の位置へ戻す仕草は、強引で挑発的だった。

ふたつの乳房の間から、こちらを見上げる黒い瞳のつややかなこと。唇からつうっと糸を引くものの存在も、絶えず動く赤い舌にも、こぼれるほどの色気を感じて、頭の芯がじわっと痺れる。

(きれい……ファルコ)

恥ずかしいが、見入ってしまう。当初は得体が知れないと恐怖に感じた彼の気配まで、今はもう好ましいばかりだ。

恍惚と見惚れていると、くくっと喉の奥で笑われる。

「淫靡《いんび》な視線もひたむきなんだな、おまえは」

「え……?」

「最初は、母と同じ瞳だと思ったはずだった。清純で慈悲深く、きれいなばかりだと感じた。だが今は、まるで別物だ。唯一俺をその気にさせる、官能的で生気に満ちた瞳だ」

ファルコを誘惑できるのはアリーナだけだと言っているのだろうか。

(そうだとしたらうれしい……)

はあっと熱をこぼしたら、胸の先端をそっとつまんでしごかれた。色づいた部分を頂に向かって集めるように、何度も、何度も。

「んぁっ、あ、それ……すき……です」

「知っている」

膨らみの先が徐々にしっかりとした形になると、体を屈めるよう促され、右胸の先を口に含まれる。同時に、指ですくった蜜を左胸の先になすりつけられ、予想外のなめらかな感触にびくっと背中が震えた。まるで、両方の胸を同時に舐められたみたいだった。

「あ、あ……いい……っ」

じっと見つめる力強い視線には、頭の中まで淫らに蹂躙されていくよう。

もう、理性など少しも保っていられない。太ももを生温かい液が伝い落ちる感触にも、ぞくぞくっと背すじが震える。

敏感になった乳の先を弄られるのはもちろん、摑んで捏ねられるのもたまらなかった。

「あぁ……あ、わ、たし……もう……っ」

また、くる。

瞼の裏に星が瞬き、体が芯から溶け出してだめになりそうなほどの——悦楽の頂がくる。

「イきたいか？　それとも、俺が欲しいか」

達したいとは思う。溜まり溜まった愉悦を全身に行き渡らせて味わいたい。だが、それではまだ足りない。内側が虚しくなるのは目に見えていた。

欲しい。

ファルコが欲しい。

彼に出逢うまで知らなかったこの空虚を埋めて、掻き乱して、敏感にして、吐き出して、受け止めさせて——満たしてほしい。

「欲しい……、ファルコが、ぜんぶほしいです……っ」

冷酷な顔も穏やかな顔も、欲の滲んだ顔も欲しい。過去も現在も未来も、ぜんぶ欲しい。いっときだって手放したくない。誰にも譲りたくない。

「ああ。くれてやろう、いくらでも」

言うや否や太ももを抱えられ、痺れた下腹部に硬く滾ったものがあてがわれる。くる、と思ったときには入り口を割られていて、待ちわびた圧迫感に甘い悲鳴が唇からこぼれる。

「ふぁ、あっ……あ、うれし……い」

荒々しいまでのその硬さ、脈打つ存在に、ああ、生身なのだと感じて胸が熱くなった。

ロドヴィーゴに銃口を向けられた瞬間、もう二度と彼と言葉を交わせないかと思った。こうしてただお互いを求め、抱き合えている今が奇跡のように尊くて、目頭が熱くなる。

「ファルコ、わたし、あなたのことが……」

心の内を告げていいものか、迷いはあった。愛情なんて欲しくないと思われたら、また突き放されるかもしれない。だが愛しさはみるみる溢れてきて、胸に留めておけなかった。

「好き……あなたが、すき」

途端にファルコは瞳を揺らし、奇跡を見たような顔になる。

「……っ、アリーナ」

柔らかな内側に、急くように屹立が沈められていく。

「俺は……おまえを清らかだとか、神聖だと崇めながらも、本当は初めて逢ったときから……願っていたのかもしれない」

「ファ……ルコ……あ、あ」

「おまえをこの手で汚して、自分のいるところまで堕として、どこへもやらないように繋いで、側に留め置くことを」

押し広げられている内壁が、うれしいがまだ切なかった。奥までみっちりと満たされてはいるが、まだ足りない。行き止まりを打たれ、子宮を押し上げられ、欲の発露を与えられる瞬間を想像すると――狂おしいほど。

「お……願い、もっと……っき、てぇ」

耐え切れず乞うと、こくりと息を呑む気配がして、直後、ぐんっと奥まで屹立を押し込まれた。最奥を押し上げる激しい猛りに、内壁は弥《いや》が上にもひくつく。これ以上は咥え込めないのにもっと深く繋がろうと、彼の根もとを吸い上げようとする――。

「あっあ、っあ、やあああ……っ!!」

突然の絶頂に、がくがくと腰が跳ねた。

胎内に、極上の快感が波紋みたいに広がっていく。何かが内側から迸り、ぱたぱたっと水滴が床を打つ音がしたが止めようがなかった。受け止めきれない快感が、みるみるこぼれていく。己の中身がとろとろと溶け出していくようで、脳内までうっとりする。

「っは……」

だが休む暇は与えられなかった。力を失ったアリーナを担いだまま、ファルコは腰を振り始める。がつがつと貪欲に奥を突かれ、弾けたばかりの内側は耐えようもなくひくつく。

「んん、あ、あ、待っ……あ、いや、ああ」

「いや、なのか」

「ふ……っ、あぁ、気持ちよすぎて、怖い……っ」

「大丈夫だ。怖がらなくていい。望むまま、溺れさせてやる」

そのままの格好でベッドへと運ばれると、覆い被さられ、両胸を激しくしゃぶられた。押し広げられたまま、くちくちと角度を変えて蹂躙される内壁は、休む暇もなく弾けて蜜を垂らし続ける。

「ああ……ぁ……んん、ぅ……」

「俺のためだけに汚れるおまえは……この世で一番、美しい」

願った熱を奥に与えられたのは、意識が朦朧としてきた頃だ。思考はほとんど機能していなかったが、体だけは素直に、それを吸い上げて取り込んでいった。

執拗な賞玩《しょうがん》は日付けが変わっても終わらなかった。

「……ぁ、ああ……ファ……ルコ……」

初めての夜、情熱のかけらもなくあっさりとベッドを下りていた彼とは別人のよう。シーツには熱を孕んだ吐息がひっきりなしに落ち、汗ばんだ肌には愛おしそうに唇が這う。何度も精を受け止めさせられ、内側はあふれそうなほど満たされているのに、さらに奥をぐいぐいと押し広げられ、また注がれる。

気を失いそうになるとうつ伏せにされ、腰をぐっと引き上げられてさらに突かれた。

「アリーナ……アリーナ、アリーナ、アリーナ、アリーナ……ッ」

繰り返し脳裏に刻まれる渇望の響きが、アリーナを頂へと押し上げる。どんなに懸命に全身で応え続けても、彼はアリーナに満足しない。満たされることなく、アリーナを欲し続ける。そんな日々がこれから続いていくのかと思うと、ひくんと蜜襞が反応した。

（あ、また）

弾ける予感に身を固くすると、見越したように奥をぬちぬちと擦られた。ここに欲しいのだろう、と言わんばかりに執拗に。たまらずびくんと腰を揺らすと、さらに深く屹立をねじ込みながら両方の乳房を摑まれて「んぁあっ」と高い声が漏れた。

「……アリーナ、俺のアリーナ」

ファルコにそう呼ばれると、より強く、己の存在を感じられる。熱く滾ったものを深々と咥え込んでいる内側も、撫でられ、つままれ、弄られて快くなるばかりの外側も、誰のものでもなく自分のものだと教えられている気がする。

「あ、あ、くる、くるの、ぉ……お」

きゅうっと中を締めて懇願すると、ややあって、奥の奥にしぶくものを与えられた。それもまた擦り込むように動かれ、たまらず大きく弾ける。

「んぁっ……熱……っあああ！」

シーツにしがみつき、爪を立てて悶えよがるアリーナを、ファルコはまだ許さない。繋がったまま気だるい体を表に返され、右胸の先にかぶりつかれて、快感は高い場所に押し上げられたまま、また次の頂を見ようとする。四肢は重く、愉悦をひたひたに吸っていて、持ち上げることもできそうになかった。

だからすべてはなすがまま、ファルコの欲のままに全身を愛《め》で尽くされる。

「まだ足りないだろう。俺が……欲しいのだろう、アリーナ？」

吐息まじりに呼ばれたらたまらなく下腹部が疼いて、こぽっ、と生暖かい液がシーツにあふれていった。足りない……そうなのかもしれない。

アリーナだって、どれだけ与えられてもファルコへの渇望は消えそうにない。

「は……い……。もっと……」

ようやく繋がりを解かれたとき、月はすでに西の空にあった。


シチリア島、パレルモにほど近いチェファルーの街——。

ファルコは当初伯爵としてエンナの屋敷に戻ろうと考えていたのだが、手下たちが集結して待っているという知らせを受けてアリーナとともに『カルマ』の本拠地である石の古城に帰還した。

「お疲れさまです、ドン・ファルコ！」

「ドン・ファルコ、ばんざい！」

復讐の完遂を知った手下たちは大いに歓喜し、屋敷の庭はまるで凱旋の趣だ。祝い酒も用意され、まだ日も暮れぬうちから酒盛りが始まる。忠誠を改めて示すようにファルコに跪く者もいて、名誉の負傷をしたうえに運転手を務めたナターレも得意そうだ。

しかしファルコは悲願達成とはいえ人の命を奪ったばかりで、まだ無理をして笑っているアリーナを見ていると、そうそう手放しで喜ぶ気にはなれなかった。

「アリーナ！　ちょっと、どういうことなの!?」

すると、そこにエンナの屋敷から戻ったリラが眉を吊り上げてやってくる。

「私には、パーティーへ行くとだけ言っていたじゃないっ。パーティーの主催者がファルコさまの因縁の相手で、目的が復讐のためだったなんて聞いてないわ！」

アリーナは一気に青ざめた。おおかた姉に嘘を言ってパーティーに出発し、謝罪の言葉も考えないうちに再会してしまったのだろう。

「ね、姉さま……あの、ごめんなさい。素直に謝るわ。経緯もあとできちんと話すから」

「もう、そうやって嘘ばっかりつくなら、二度とアリーナの言葉なんて信じませんからねっ。まったく、ファルコさまもファルコさまよ！　私の大切な妹を、私の唯一の家族を、いったいなんだと思っていらっしゃるのっ」

縄張りを侵された雌猫の様相で嚙み付かれ、ファルコは素直に「悪かった」と詫びた。

「アリーナを巻き込んでしまって、すまなかった」

「あの、待って、ファルコ。悪いのはあなたではなくて、わたしよ。あのね、姉さま、ファルコは悪くないの。わたしが勝手に後を追いかけただけで、ファルコは、本当はわたしにパーティーには来るなって言っていたのよ」

「まあっ。じゃあ、あなた、私にファルコさまとパーティー会場で待ち合わせているって言ったのも嘘だったの!?　どれだけ嘘とお友達なのよ！」

「本当にごめんなさい。反省しているわ……。でも、ほら、わたし、きちんと無事に帰ってきたでしょ？　だからそれでいいってことに、なったりとかしないかしら……？」

「それは結果論でしょうっ。もし無事でいられなかったらどうするつもりだったの!?」

「だけど」

「言い訳をするんじゃないのっ。……って私、同じことを前にも言った気がするわ」

「わたしも、言われた気がする」

と、ふたりは目を見合わせてやがて噴き出した。

からからと笑い合う様子に、ファルコは安堵して肩の力を抜いた。

アリーナは大丈夫だ。ファルコには及ばぬ部分も、リラが何よりの救いになってくれる。

ロドヴィーゴとファルコに和解の道は開けなかったが、彼女たちは互いに努力をし、真の信頼関係を築いた。

姉妹が仲良く笑い合っているのを見ると、心底救われる。

「——おい、おまえら」

気を取り直し、集まった手下たちに向けファルコは声を張り上げた。

「ここまでついてきてくれたおまえたちには、感謝している。先代から与えられた課題を終えた今こそ、『カルマ』が一枚岩となるべきときだ。よりいっそう、励んでほしい」

「はい!!」

「それから、ここにいるアリーナは俺の妻だ。無礼は許さない」

「はいっ！」

歓声に似た大合唱の中、ひとりだけ「えっ」とうろたえる者がいる。アリーナだ。

きゃーっと声を上げてリラは喜ぶが、アリーナはまだファルコの言葉の意味を把握できない様子でぽかんとしている。だが数秒すると、じわじわと顔を紅潮させながら、ファルコを揺れる瞳で見上げた。

「つ、妻と……おっしゃいましたか」

「ああ、言った」

「わたしが、ファルコの……妻？」

「そうだ」

深くうなずいてみせたが、アリーナはまだ事態が呑み込めない顔をしている。

「どうして突然、そんな話になるんですか」

「俺との結婚は不服か」

「そういう意味ではないです！　もちろん、うれしいです、けど……」

「けど？」

「唐突すぎて……どう、受け止めたらいいのか……。あの、もしかしてファルコ、わたしに対して何か責任を感じているとかですか？　わたしが一生赦し続けると申し上げたから、それなら愛人の立場に戻すだけでは申し訳ないとか、そういう」

「なぜそう思う？」

「それは、だって、ファルコはわたしのことを――」

言い切れなかった言葉は「どう思っているのか知らない」だろうか。あるいは「好いているわけではないのでしょう」か。そういえば好きだとも愛しているとも、ファルコはまだアリーナに告げていないのだった。

恋心に蓋をしようと決めてから、すっかりその言葉を遠ざけていた。

だが、あんなふうに一晩中情熱的に抱いてやったら普通は愛されていると自惚れそうなものなのに……おかしな女だ、とファルコは愉快な気分でアリーナを抱き寄せる。

「ならばはっきり言おう」

両腕を細い腰にしっかりと絡め、上半身を丸める。額と額をくっつけて、焦点の合わないほど近くで潤んだ瞳を見つめる。

乾いた樹皮から新芽が顔を出したような、稀有な色の瞳がひたすら愛おしい。

「――愛している」

途端に、アリーナの表情は驚いたように固まる。

予想もしていなかったという顔だ。

「本当……ですか」

「ああ。俺はおまえを愛している。この世の誰よりも、愛している」

喜びに震える唇は、有無を言わせず斜めに塞いだ。口づけを交わしたふたりを目のあた

りにし、手下たちはどっと沸く。

——逃がさないと言ったはずだ。

どこへもやらないし、誰にも譲らない。アリーナの清らかさを正当に評価し、崇め、なおかつ護り愛し抜けるのは己だけだとファルコは自負している。

慌てた様子でファルコの胸を叩いた手は、ややあって、覚悟を決めたようにシャツの前身ごろにきゅっと摑まった。シチリアの太陽は、真っ赤に熟れて海に沈もうとしていた。

エピローグ

月からひとさじ借りたような優しい光のランプが、小さなベッドの間に灯っている。

童話の本をパタンと膝の上で閉じたアリーナは、長く豊かな金の髪をかきあげて三人の幼子たちの額にひとつずつ口づけを与えた。

「さあ、今夜はもうおしまい。おやすみなさい、みんな」

「いやーっ。アリーナ母さま、もっとおはなししてぇ」

「ぼくも母さまのお話聞きたい！　ねえ、ほら、母さまが父さまにまちがえて『お薬をちょうだい』って言ってしまったときのお話」

「おはなし、おはなしちてー！」

長女、長男、次女の順にねだられて、アリーナは返答に詰まる。ファルコとの間に授かった子供たちは六歳の長女を皮切りに、四歳の長男、二歳の次女と、ありがたいことに皆元気いっぱいで日暮れを過ぎてもかしましい。

(昔話なんてしたら、余計に興奮させてしまいそうだわ)

すこし迷ったものの、三人の瞳があまりにもらんらんとしていたので、アリーナはため息ひとつ、観念してもう一度椅子に腰掛けた。眠るように言い聞かせて部屋を出るより、ゆっくり語りかけて、眠れるよう促してから部屋を出たほうがよさそうだ。

「じゃあ、もうすこしだけよ。お話が終わったら寝ること。お約束よ、三人とも」

「うん!」

「約束できるよ!」

「できぅーっ!」

期待に手を挙げてみせる三人が可愛くて、思わずくすっと笑ってしまう。穏やかな気持ちで椅子に腰掛けなおし、アリーナは心がけてゆっくりと話しかけた。

「あれは、七年前の話ね。その頃リラおばちゃまは体が弱くてね、元気になるためには、お薬が必要だって母さまは思い込んでいたの。だから、特別効くお薬を探していたのよ」

「リラおばちゃまが弱かったなんて、嘘だぁ!」

ブーイングの声を上げたのは長男だ。

「だってぼくがいたずらしたとき、リラおばちゃまはこのお屋敷の中で、いっちばん怖い顔をして追いかけてくるよ。ナターレおじちゃまのこともよく張り倒してるし、父さまたじたじだし、マフィオーソなんて目じゃないくらい強いよ」

「そうね。リラおばちゃまは怒るととっても怖いわよね。でも七年前はね、元気がちょっと足りなかったの。それで、おばちゃまを治すお薬をお父さまが持っていると勘ちがいして、母さま、一生懸命お願いしたのよ」

「それで？　それで、どうなったの？」

「父さまは、残念ながらそのお薬を持っていなかったの。ううん。リラおばちゃまの体をたちどころに治してしまえるお薬なんて、この世になかったのよ」

「じゃあ、どうしてリラおばちゃまはあんなに元気になれたの？」

「すこしずつ、自分の力で元気になろうって頑張ったのよ。それでね、そのとき、リラおばちゃまを奮起させてくれたのが父さまだったの。できないことなんてないんだって、車椅子のリラおばちゃまにダンスまでさせてくれたのよ。そして母さまは、そんな優しい父さまに恋をしたの」

　恋、という言葉に六つの純粋な瞳はますます輝いた。

「母たまは、父たまがだいすきなのねっ」

「ええ。大好きよ。だから、あなたたち三人が生まれてきた」

「ぼくも、いつか恋をするかなあ」

「するわ。きっと、すばらしい恋をね。その日のためにも、今夜はしっかり眠らなきゃ」

「うんっ」

興奮してはいるが、今度は素直に目を閉じてくれそうだ。いい夢を、とアリーナは三人の額にもう一度口づけて、電灯のスイッチを切った。

「おやすみなさい、アリーナ母さま」

「母さま、おやすみなさい」

「おぁちゅみなたい、あぃーな母たまぁ」

「おやすみ、わたしの可愛い天使たち。大好きよ」

部屋を出て扉を閉めると、廊下に控えていたアダが一礼する。ここは頼むわね、と目で合図をし、アリーナは靴音をひそめて立ち去ろうとする。すると、淡い照明の灯る廊下の先から白髪の男がやってくるのが見えた。

バジリオだ。アリーナを認めると立ち止まり、会釈をする。

「今晩は、奥様。お子様方はご就寝になられましたか」

「ええ。ファルコは？」

「ドン・ファルコはもうすぐ戻られるようです。先ほど、連絡を受けました」

「そう」

短く返答し、アリーナは静かにバジリオの横を通り過ぎる。バジリオの左目は革の眼帯で覆われていて、その向こうにあるべき眼球が欠損していることをアリーナは知っている。

七年前、ロドヴィーゴの一件の後だった。バジリオが帰還したと聞いた数日後、屋敷内で見かけたときにはこの眼帯姿になっていた。

ファルコが言うには「片目の距離感では、ナイフだろうが拳銃だろうが以前のようには扱えまい」とのこと。

そしてバジリオの眼帯姿こそが、見せしめとして手下たちの裏切りを——特にアリーナや子供たちへの手出しを抑制していると、アリーナは気づいてもいる。

「奥様も、用心深くなられましたね」

斜め後ろからぼそっと言われ、アリーナは太ももにくくり付けた拳銃に意識をやった。

「念には念を入れるべきでしょう？」

といっても、アリーナが己の手で引き金を引く日は来ないだろう。

ファルコは、アリーナの手が罪に塗《まみ》れるのをよしとしない。アリーナの胸に憎しみの感情を抱かせるのも、快く思わない。だからアリーナが危機を感じたとき……拳銃を必要としたとき、アダをはじめとする手下たちが先に動いているはずなのだ。

それに——。

バジリオは帰還以来ファルコを『ドン』と呼んでいる。

万が一にもアリーナや子供たちに牙を剝きはしないだろう。

（でも、覚悟だけは示しておきたいのよ。妻である以上、丸腰じゃないんだって）

いつ、なんどきでも、ファルコのどんな罪でも赦せるように、強い自分でいたいのだ。

こうして階段を降りていくと、玄関から早足でやってくる者がいた。

「アリーナ」

「ファルコ、おかえりなさい！」

彼を目にしただけで、胸にあたたかいものが広がる。

七年経ってもなお、鷹のように鋭い眼光は衰えていない。黒いシャツに黒いベスト姿で、抜いだジャケットをなにげなく腕に抱えた様子は、以前よりさらにさまになっている。

「先代のご様子はいかがでした？」

「ああ、元気だった。相変わらずの酒豪ぶりで、今日も浴びるほど飲まされた。それで、子供たちは？　おやすみのキスには間に合わなかったか」

どうやら、急ぎやってきたのは子供たちに会いたかったから、らしい。

「ええ、残念ながら。でもファルコ、明日は一日屋敷にいらっしゃるのでしょう？　三人とも、きっと喜ぶわ。パパとマフィオーソごっこがしたいってせがむかも」

アリーナの言葉に、ファルコの顔は苦々しく歪む。

「また、やけに物騒な遊びを覚えたものだな。教えたのは、さしずめナターレか。あの男、リラと結婚して俺と縁続きになったからと、調子に乗っているんじゃないか。明日、呼び出して説教でもしておこう」

「いえ……あの、ごめんなさい。マフィオーソごっこを教えたの、リラ姉さまなの……」

「……ああ……」

返答に困る彼は七年前とは別人のように表情豊かで、つい、くすっと笑ってしまう。

（これもまた、いつかいい思い出になるのかしらね）

アリーナがアヘンを姉の病の特効薬と勘ちがいし、ファルコにねだった話しかり。処女の身なのにセックスに溺れていると思われていたことしかり。

夫婦の間ではときどき話題にのぼる思い出のひとつになっている。

といっても、アリーナが処女だったと知ったときのファルコのおののきようと言ったらなかったのだが。なんてことをしてしまったのか、本当に申し訳なかったと頭を下げ続けるから、止めるのに酷く苦労した。勘ちがいされる原因を作ったのはアリーナだし、もう過去の話です、とどれだけ説いたかわからない。

「では、このあとは夫婦の時間ということでかまわないか？」

「ええ」

さりげなく背中に手を添えられ、三階の寝室へと導かれる。扉を閉めたそばから唇を奪われ、ワンピースと下着をはだけさせられ、張りのある乳房に口づけられる。

「そろそろ、もうひとり可愛い天使がやってきてくれると嬉しいんだが」

「そう、ですね」

「五人でも六人でも欲しい。一生、賑やかな家族に囲まれて暮らしたい」

「……ん、わたしも……」

下着と一緒に拳銃を床に下ろして、アリーナはファルコの背中に腕を回す。担ぎ上げられ、ベッドに運ばれると、髪をひと束つまみ上げられ、毛先にそっと唇を押しあてられた。

「今宵も、俺だけの聖女に祈りを」

敬虔そうな声に滲んだ欲が、アリーナの背をぞくぞくと粟立たせる。

夜の海は凪ぎ、風は静かで木々もしんと静まり返っていたが、両手を伸ばし、ファルコの耳を塞いだ。どんな雑音も、非難の声も賞賛でさえも……今こうしている間は届かなくていい。何もかもを忘れて、溺れてほしい——。

潤んだ瞳で見つめると、吸い込まれるように顔が近づいてくる。

「愛しているわ、ファルコ」

「ああ。俺も、おまえを愛している」

穏やかな夜は、深い深い闇の中にあった。


【了】

参考資料

小森谷慶子、小森谷賢二『シチリアへ行きたい』新潮社　とんぼの本（1997）

あとがき

こんにちは。お久しぶりです、斉河《さいかわ》です。

何かと落ち着かない世の中ですが、いかがお過ごしでしょうか。

こうしている間も最前線で戦っている方々がたくさんいらっしゃる中、自分にできることって本当に何もないな……とヘコみもする日々ですが、せめて本作を通して、ひととき現実を忘れるお手伝いができていたらと願う次第です。

さて今回、読了後の方はすでにお気づきかと思いますが、本作のモチーフはデュマ作『モンテ・クリスト伯』でした。エドモンのあの執念、復讐心、そして恩義に報いるちょっとした慈悲や苦悩のギャップが私はとても好きでして、いつかはあんなヒーローを書いてみたいなと思っていました。書ききれたかどうかは別として……。

そこでなぜファルコがマフィアだったのかというと、別レーベルさんで任侠ものを執筆する際に「他の国のマフィア事情はどうなってるんだろう？」と調べたことが発端です。

シチリアといえば神話の神々ですが、その神々の唐突な残虐さと神秘的な雰囲気に妙にマッチした、独特なマフィア像にぐっときました。

実際はもうすこし泥臭いほうが正解なのでしょうが、鋭く研ぎ澄ましつつもからっとした殺気というか、日本のしっとりした墨色の黒さとはちがう、ばりっとしたアスファルトっぽいシチリアの黒に憧れました。

機会があれば、艶のある漆《うるし》みたいな香港マフィアものにも手を出してみたい最近です。ちょっと毒されすぎですね。

ええと……。

何か近況でも綴《つづ》りたいのですが、世界中のおおかたの皆様と同じく、ここ数か月引きこもってマスクばかり縫っている私は、スーパーおよびコンビニしか訪れておらず……結果、胴回りが肥えたことくらいしかお話できることはなく……す、すみません。

それで、せっかくなので小話をと思ったのですが、書きすぎてしまってうっかりページオーバーに。いいところなさすぎです。ええと、その小話はソーニャ文庫さんのサイト番外にしたいと思います。無料ですので、機会があればご覧ください。

ということで恒例の裏話でも。

実は初稿ではファルコが甘いもの好きで、アリーナがお菓子を作っては日々届けまくるというエピソードがありました。読み直すうちに、なんだか平和になりすぎると思い、全削除しましたが（涙）

シチリアには「カンノーロ」という、筒状の揚げ菓子にリコッタチーズのクリームが詰まっている、聞いているだけで美味しそうな郷土菓子がありまして、それを登場させたかったのです。

どうやらこのカンノーロ、餃子の皮や冷凍パイシートでも再現可能のようなので、外出自粛期間内にぜひ作ってみたいと思っています。上手にできるといいです。

さて、最後になりましたが本書をお手に取ってくださった皆さま、今回から担当してくださることになった敏腕編集Hさま、途中までプロットを見てくださった伝説の編集Yさま、デザイナーさま、校正者さま、そしてお久しぶりでイラストを担当してくださった葦《あし》原《はら》モカさま（ますます美しいイラストを描かれるようになっていらして感激です）、本当にありがとうございました！

どうか皆さまと、皆さまの大切な方々が、つつがなく日々を過ごされますように。

また、こうしてページ越しにお会いできる日を楽しみにしています。

二〇二〇年四月吉日　斉河燈

この本を読んでのご意見・ご感想をお待ちしております。

◆ あて先 ◆
〒101-0051
東京都千代田区神田神保町2-4-7 久月神田ビル
㈱イースト・プレス　ソーニャ文庫編集部
斉河燈先生／芦原モカ先生

断罪者《だんざいしゃ》は恋《こい》に惑《まど》う

2020年6月6日　第1刷発行

著　　者　斉河燈《さいかわとう》
イラスト　芦原《あしはら》モカ
装　　丁　imagejack.inc
D T P　松井和彌
編　　集　葉山彰子
発 行 人　安本千恵子
発 行 所　株式会社イースト・プレス
〒101－0051
東京都千代田区神田神保町2－4－7 久月神田ビル
TEL 03－5213－4700　FAX 03－5213－4701
印 刷 所　中央精版印刷株式会社

ISBN 978-4-7816-9674-4
定価はカバーに表示してあります。

Sonya ソーニャ文庫の本

『お婿さまは下僕になりたい』　斉河燈

イラスト 鈴ノ助

Sonya ソーニャ文庫の本

おまえをわたしに縛りつけたい。

戒律により、若き元首アルトゥーロに嫁いだ細工師ルーカは、毎夜執拗に愛されて彼しか見えなくなっていく。けれど、清廉でありながらどこか壊れそうな彼の心が気がかりで…。ある日のこと、自分がいることで彼の立場が危うくなると知ったルーカは、苦渋の決断をするのだが――。

『寵愛の枷』 斉河

イラスト 芦原モ

Sonya ソーニャ文庫の本

俺に貴女を殺させないでくれ

汚名を着せられ一族を粛清された辺境伯の息子アーレスト。復讐心を滾らせ屈辱の二十年を耐え抜いた彼は、国にとって最も重要な“聖女”を奪い殺すことを計画するが、聖女セーラの健気さに心揺さぶられてしまう。セーラを嘲る人々にアーレストは憎しみをますます募らせていく——。

『復讐者は愛に堕ちる』 榎木ユウ

イラスト 氷堂れん